EL INTERMEDIO QUE SOMOS

EL INTERMEDIO QUE SOMOS

[Silvia Salgado]

Ilustración de portada
Sarai Llamas

Primera edición: octubre de 2019
© Copyright de la obra: Silvia Salgado
© Copyright de la edición: Angels Fortune Editions
ISBN: 978-84-120617-9-6
Depósito Legal: B-25001-2019
Corrección de estilo: Nuria Ochoa
Ilustración de portada: Sarai Llamas
Diseño de portada: Celia Valero
Maquetación: Celia Valero
Edición a cargo de Mª Isabel Montes Ramírez
©Angels Fortune Editions
www.angelsfortuneditions.com
www.excellencebyangelsfortune.com
www.tulipanesdefresa.com

Derechos reservados para todos los países
No se permite la reproducción total o parcial de este libro, ni la compilación en un sistema informático, ni la transmisión en cualquier forma o por cualquier medio, ya sea electrónico, mecánico o por fotocopia, por registro o por otros medios, ni el préstamo, alquiler o cualquier otra forma de cesión del uso del ejemplar sin permiso previo por escrito de los propietarios del copyright.
«Cualquier forma de reproducción, distribución, comunicación pública o transformación de esta obra solo puede ser realizada con la autorización de sus titulares, excepto excepción prevista por la ley»

Para ti, Margot.
Mientras escalabas tu montaña

«… Y así seguimos remando contra la corriente empujados sin pausa hacia el pasado. Es una imagen maravillosa, que representa la condición humana. El pasado es un refugio seguro, una tentación constante y, sin embargo, el futuro es el único sitio donde podemos ir».

RENZO PIANO

En quién te convierte el mundo que te habita.

MARIBEL ANDRÉS LLAMERO, *La lentitud del liberto*

Capítulo 1
Amanda

Me gusta mi nombre. La Wikipedia dice que proviene del latino amandus, gerundio de amar; significa 'la que debe ser amada, digna de amor'. Mi amiga Rocío me llama Mandy. A Rocío, por ejemplo, no le gusta su nombre y señala que cómo nos llamamos es el primer signo de sometimiento al antojo de nuestros padres. El mío todavía me llama bolita, lo cual no es gracioso, porque soy un palo y a los 14 años ya debería tener tetas. De vez en cuando, últimamente las más, mamá me llama *Lagranamada*. Para Mateo, mi hermano pequeño, no hay otra opción posible, soy Amanda, sin diminutivos, ni ironías. Amanda Carson.

En el cole a veces me llaman por mi apellido: Carson; es bastante inusual. Para la profe de mates soy *Laquepuedemasdeloquehace*. La semana pasada envió un correo a mi madre, que ahora está preocupada, un poco más si cabe. Que no puedo seguir así, que qué me pasa, que estoy más encerrada que mi hermano, que eso no es justo. Entonces me suelta ese rollo de que la vida no está dentro de la pantalla del móvil y no sé qué más de una prótesis social que nos estamos construyendo los jóvenes. Me temo que esta noche cocina un plato estrella. Eso es lo que hace cada vez con más frecuencia: cocinar de madrugada. Mi padre dice que mete su ansiedad en las ollas y acuchilla sus miedos troceando las verduras. Cuando peor está, más sofisticada es la comida al día siguiente. Espera a que todos estemos dormidos, coloca su Mac sobre la encimera y busca una receta. Con el tiempo, la despensa se ha ido llenando de especias difíciles de encontrar y de otros productos que las madres de mis amigas solo ven en los libros de los grandes chefs o en sus programas de cocina: lecitina de soja en polvo, lima kaffir, vinagres balsámicos y aceites de todas las olivas, hojas de flores, escamas de sal o bicarbonato, y todo muy bien ordenado, etiquetado en recipientes de vidrio de todos los tamaños. La mayoría de las veces, cuando cocina, yo todavía no me he dormido, por mucho que ella se empeñe en que me acueste antes de las once. Escucho su música, la pone bajita para no molestar a Mateo, aunque mi hermano duerme con tapones para los oídos. Su *playlist* es un cansancio de clásicos y ópera, un pulso para que acabe claudicando. Al final, Morfeo lo consigue y me duermo respirando el aroma de los fondos de sus caldos. Luego, por la mañana, la cocina está impecable, y ella, mucho mejor.

El lunes pasado fue un día de los duros. Es bastante probable que la chica de la limpieza dejara mal cerrado el grifo del baño. Papá, mamá y yo tenemos mucho cuidado con esas cosas. Luisa tampoco habría cometido semejante error, ella menos que nosotros. Se ha ido a pasar diciembre a Colombia, que su madre se hace mayor, tenía que ir, que habían pasado más de cinco años. Sería un mes, su sobrina la supliría en su ausencia, que ella misma se encargaría de explicarle qué debía y qué no podía hacer. No creo que mamá le cuente a Luisa lo ocurrido a sabiendas del riesgo que puede correr la sobrina o cualquier otro que haga daño al niño. Luisa lo llama siempre así, *miniño*, todo junto. Y el amor de mi hermano es recíproco.

¿Qué puedo decir de Mateo? Lo quiero. Muchísimo. Ese lunes cumplió 12 años. Odio los lunes, no son el mejor día para celebrar nada, pero en casa los cumpleaños se han celebrado siempre cuando tocan en el calendario; ni antes, ni después, que trae mala suerte. Mamá invitó, de nuevo, a toda su clase. Papá se enfadó; tampoco yo entiendo por qué mamá insiste. Que debemos normalizar, que debemos ayudar a que los demás entiendan a Mateo. Como si a Mateo le importara un pimiento. Vinieron solo tres niñas: Beatriz, que es hija de su tutora, sin ocultar su fastidio, y dos de sus amigas repipis. Estuvieron lo justo, una hora, las tres pegadas, como los regalices rojos que vienen en paquete, soltando risitas, hablando por lo bajini, mirando su Instagram, ignorando a mi hermano, diseccionándome a mí, revisando nuestra casa. Al día siguiente seríamos la comidilla en el recreo. La tutora le dijo a mamá que tenían clase de danza y que no podían faltar, que estaban de ensayos para la obra final. En enero. «Claro, lo entiendo, no pasa nada». Sabía las palabras que utilizaría mamá, luego añadiría un «tal vez otro día». Va a acabar seguro con un «muchas gracias por venir». *Gracias por venir* son tres palabras que me parten el corazón, creo que le pesan mucho cuando las dice, como si estuviera moviendo tres grandes piedras de un lado a otro, sin un sentido. Me admira que mamá acepte cualquier respuesta con una sonrisa, también me enerva; yo las habría echado a patadas. «Adiós, Mateo, cariño, nos vemos en el colegio». Será gilipollas.

Mamá cogió de la mano a Mateo para arroparlo mientras él también repetía el aprendido y muy trabajado «gracias por venir». Mateo no arrastra piedras, las carga siempre, como si las llevara dentro de una maleta esposada a su muñeca. Sus párpados hicieron un esfuerzo para entornarse, las palabras le salieron lentas, torpes, graves. Le salieron. Observé sus manos dentro del pantalón, no me hacía falta ver que su puño izquierdo apretaba con fuerza una bola de plastilina. Las tres niñas lo miraban maliciosamente, divertidas. Pero cuando todas esas marisabidillas se fueron, recibió la felicitación de mamá:

—Qué orgullosa estoy de ti, mi amor. Eres un chico muy educado. Ahora vamos a comernos la mejor tarta de chocolate que he preparado jamás. Luego me enseñas tu nuevo libro de árboles. ¿Te parece?

No pude evitarlo. Me fui a mi habitación detrás de un portazo. Se estaba convirtiendo en algo habitual: encerrarme en mi cuarto, dar portazos, enfadarme, sobre todo con ella. Con mamá. Sabía que me dejaría al menos unos diez minutos antes de pedir permiso para entrar, picando con puño suave a la puerta. Mil veces preferiría que me diera cuatro voces, que me buscara de inmediato y me soltara un discurso. Pero ella no se ponía jamás a mi altura, no me gritaba, no daba opción a que yo la replicara con más furia. Tiré todos los cojines que había encima de mi cama y me tumbé, boca abajo primero, dejando que el colchón amortiguara los latidos de mi corazón, los nervios del estómago, agarrados mis pensamientos a la almohada. Pasaban los minutos y mamá no entraba. Podía escuchar su voz y la de mi hermano en el salón:

—Creo que este es mi preferido, solo existe en la Baja California, en los Estados Unidos, y también en México.

—Vaya, cariño —respondió mamá, que nunca deja de sorprenderse con Mateo—, un nativo del desierto. ¿Por qué te gusta?

—Es diferente, puede alcanzar hasta 20 metros de altura, aunque su tronco sea delgado. Se llama árbol cirio y hay quien lo compara con un cactus.

—Pero tiene hojas, Mateo; los cactus no tienen hojas.

—Las tienen muy arriba, arriba del todo, cubriendo la totalidad del tronco. Así reducen la pérdida de agua. Por eso se parecen a los cactus.

—Ahora creo que lo entiendo, mi amor.

—También podría ser tu árbol, mamá, aunque no lo he averiguado todavía. Eres… difícil.

—¿En serio? —Mamá rompió a reír. Una risa espontánea y natural, como el agua fresca de un manantial.

Fue papá el que pasó a mi habitación.

—¿Se puede?

Se sentó en un borde de la cama y me acarició los pies un instante. Tenía un brote fuerte de psoriasis, noté su piel descamada, inflamada. En invierno le rebrota. Mamá pone humidificadores por toda la casa y baja la calefacción. Él bebe mucha agua y debería, aunque se cansa, hidratarse bien la piel. Pero es «el maldito estrés». No tardaría en irse. Los lunes tiene ensayo con la banda. Toca la batería. Hasta que nació mi hermano, tenía una en casa. Lo sé porque me recuerdo sentada sobre sus rodillas, tocando los platillos con las baquetas. Era tan pequeña que es probable que solo lo recuerde porque esa foto está en su despacho, en la farmacia.

—¿Quieres hablar?

—No.

—Vale. ¿Cómo llevas el examen de Química? Lo tienes mañana, ¿no?

—Sí.

—Lo harás bien. Deberías cenar algo, bolita, no es bueno que te acuestes con el estómago vacío.

—Estoy bien, gracias.

—¿Sabes? A tu edad yo era el rey de los monosílabos. Era capaz de sacar de quicio a tu abuela. ¿Qué te pasa?

—Nada. Déjame. Quiero estar sola.

—Muy bien, pero puedes contar conmigo. Para lo que quieras. ¿Sí?

Le contesto con un sonoro silencio, pero lo sé, sé que puedo contar con él.

—Me voy al local, esta noche hay ensayo... Oye, no seas dura con tu madre. Ella lo hace lo mejor que puede.

Mi padre se llama Mario, es farmacéutico de oficio, también por herencia, como mi abuelo y su bisabuelo, pero es músico de corazón. Tardó diez años en sacar la carrera, de los más felices de su vida, alardea: en la universidad aprendió a jugar al mus y al póker, se acostó con media facultad, dejó un buen número de neuronas en las copas de los viernes y fumaba sin tregua un par de paquetes de cigarrillos rubios; se rompió el brazo izquierdo haciendo barranquismo y se magulló el cuerpo en una caída de moto; formó tres grupos de rock; entro en la política y salió de ella; a punto estuvo de quedarse a vivir en Londres. Cuando conoció a mi madre, cinco años menor que él, Cupido debió de centrarlo de un flechazo. Acabó los estudios y se puso a trabajar. Sigue siendo un gamberro vocacional. Yo lo llamo el *desdramaturgo*, porque a todo le quita importancia, nada es tan malo, nada tan difícil, mucho menos lo de mi hermano. Tontadas, dice. Que ahora le ponen etiqueta a todo. Es alto y fuerte, como el abuelo, como lo será Mateo en unos años. Se ha empezado a dejar barba justo cuando un par de entradas empiezan a abrirse camino en su frente ancha, como si quisiera suplir por abajo las carencias de arriba. Si lo miras fijamente, acabará guiñándote un ojo; los tiene de color verde, muy rizadas las pestañas. No ha perdido su sentido del humor. Ese es su gran atractivo, su verdadera arma de seducción. Las señoras mayores siempre prefieren que las atienda él, porque les dice cosas bonitas a todas, o les cuenta barbaridades, como que de niño le mordió una serpiente y el veneno se le quedó en los ojos. He querido creer esa historia todo el tiempo que me ha sido posible, igual o más que en la de los Reyes Magos. Hace poco que la percusión ha vuelto a su vida. Ha abierto una ventana de par en par: un jueves de cada mes toca la batería en el bar de la madre de Rocío. Él y cuatro amigos, versionando «música de verdad, no lo que escucháis ahora, hija». Ensaya todos los lunes que no tiene guardia; aporrea los platillos. Saca todo ese ruido que no cabe en nuestra casa.

Quién sabe cómo suenan las gotas de agua dentro de Mateo. He imaginado cien veces su sistema auditivo como el amplificador de una guitarra eléctrica. La sobrina de Luisa no entendía nada. Se disculpaba, se lamentaba y por un momento su sollozo se acompasó con los gritos de mi hermano, que se balanceaba sobre sí mismo tapándose los oídos con las manos. Que no se preocupara, le dijo mi madre, que no era culpa suya, que mejor se fuera, que al día siguiente todo estaría bien.

—Amanda, ¡despierta! Tienes que ir a buscar a papá, ¡rápido cariño! No oye el teléfono, salta su buzón de voz. En el bar tampoco contestan. Que venga, ya. ¡Rápido! ¿No ves que no logro calmar a tu hermano? No es un berrinche, hija, dile a papá que es una crisis.

Y el martes a mediodía el menú de la familia fue una delicada crema de alcachofas con aceite de oliva y trufas. Pensé en el antes de. Y lo anoté en mi diario. Ya tenía, desordenados:
Antes de la lluvia.
Antes de la regla.
Antes del terapeuta.
Antes de la banda de rock.
Antes de mí.
Antes de la caja de latón.
Antes del síndrome.
Antes del grifo abierto. (Este antes no queda muy poético en mi diario, pero no había nada de poesía en el después de ese incidente. Lo taché. Escribí de nuevo: antes del lunes).

Antes nuestra casa estaba encima de la rebotica, unida por una escueta escalera de caracol que mamá subía y bajaba con mucha agilidad, haciendo ruido con sus tacones. Si íbamos al cole, salíamos de casa por la puerta de la farmacia, una persiana enrollable que papá subía del tirón, con su fuerte brazo derecho. Al regresar, entrábamos por donde habíamos salido. A lo mejor por eso me obsesionan las puertas. ¿No es curioso? Vivimos de puertas adentro con ventanas que nos enseñan lo que hay fuera. Necesitamos entradas, pero debemos contemplar las salidas. Desde que era bien pequeño, Mateo se asegura de que todas estén bien cerradas o bien abiertas. De hecho, las abre y cierra continuamente. No hay puertas entreabiertas en su mundo. Por fraternidad, en el mío tampoco. Dice mamá que es lógico, que Mateo siempre nos enseña algo. Si no cierras del todo una puerta, lo malo no acaba de irse; si no la abres de par en par, la felicidad entrará solo a medias. Yo las fotografío con mi móvil. Luego las cuelgo en mi cuenta de Instagram, también las ventanas, pero menos. La he llamado @theamandasdoors. Es pública y bastante más popular que mi cuenta personal, pero es un secreto, ni siquiera Rocío lo sabe.

La farmacia y, por extensión, la vivienda de arriba, tenían un olor característico a medicamentos, a caramelo de eucalipto y al papel con el que se envolvían los jarabes y elixires que curaban casi todos los males del vecindario. Ese olor estará para siempre entre mis primeros recuerdos, mezclado con el aroma de la madera noble del mostrador de herencia y la tinta del sello que estampaba, en azul, los recetarios expedidos en la farmacia del licenciado Mario Carson. Hay una estrecha conexión entre el olfato y la memoria, de manera que los olores quedan convertidos en recuerdos.

Tampoco se sabe aún por qué algunos se conservan y otros se pierden. Me refiero a los recuerdos, claro. Durante un tiempo, recibíamos las cartas de una desconocida. Eran de mi abuela, y mamá las guardaba sin abrirlas en la caja de los secretos, que era de latón. Durante el mismo tiempo, pensé que mi abuela era esa señora litografiada en la tapa, vestida de azul, con los brazos desnudos y una sonrisa de pintalabios rojo cangrejo, que vivía en una casa que se llamaba Codorníu. La caja de cava ocupó el techo de la nevera hasta que, subida a una silla de la cocina, mamá se percató de que podía alcanzarla y la sacó de allí. Cuando nos mudamos al ático del edificio nuevo que se construyó al lado de la farmacia, le perdí el rastro a la caja de las cartas, o mi abuela dejó de escribir. Entonces mamá dejó de subir escalones y venía a ver cómo iban nuestros deberes en ascensor. Por eso empezó a engordar y yo a olvidar los olores que, como en la lámpara de Aladino, parecían haberse encerrado en los antiguos botes de cerámica que adornaban las estanterías altas de la farmacia Carson.

Mi madre también es farmacéutica, se llama Laura; ejerce a media jornada porque cuida de nosotros, más bien, cuida de Mateo. Se enfada mucho cuando se lo digo, cada vez lo hago menos, decírselo, aunque lo siga pensando, porque sé que sufre y porque yo soy feliz comiendo un plato de arroz a la cubana o una fuente de patatas fritas con mucho kétchup. Dicen que nos parecemos, pero ella tiene la tez más clara, el pelo y los ojos más oscuros, y es ligeramente más alta que yo. Es guapa. Lo es al cabo de un rato, cuando has dado tiempo a que te envuelva con su voz dulce y pausada, cuando te ha regalado una de sus sonrisas, francas, despejadas, de las que pueden curarte un dolor.

Ahora está cansada. No hace falta que lo diga, tampoco lo hace. No duerme. Este año ha cambiado el colchón cuatro veces y tiene más almohadas que el hotel con la carta más completa de cojines. Insiste en que le sobran unos kilos. Yo la veo igual, con sus faldas debajo de la bata blanca, dice que le han sentado siempre mejor; pocas veces lleva pantalones, que le hacen el culo más generoso de lo que es. Ella, que no lo quiere; yo, que no sé qué hacer para que me salga un poco. De culo, como de tetas; todavía no tengo nada de nada.

Mamá no es buena para el negocio. Mi padre se lleva las manos a la cabeza cada vez que comparten mostrador. Recomendará un buen paseo antes que un ansiolítico. La he oído mil veces decir que un mucolítico solo sirve para venderlo, que mejor tomar líquidos: sopas, caldos y zumos. Para la gripe, reposo; para la tos, caramelos de limón; para el azúcar, zapatillas de deporte; una bolsa de guisantes para los golpes, y una de agua caliente, para el dolor lumbar. Si te duele la cabeza, te recomienda dormir y ver una peli de llorar si tienes sequedad ocular; para el dolor de muelas, un chupito de coñac y pegar la cara a la baldosa del baño. ¿Cremas? Mamá no se pone más que un poco de vaselina en los labios, que se le agrietan como a mi hermano, y una hidratante en la cara que ella misma se encarga de elaborar. Los cursos de cosmética los reciben las auxiliares, que hay dos en la farmacia: Julita y Raquel. Las dos están solteras, una por dejadez, otra por juventud. Las dos auténticas propietarias de los males, destinos, fortunas y desventuras de nuestro vecindario. Me temo que de nuestra casa también.

De lo de Mateo, lo que mamá lleva mal es tener que darle medicación. Eso y el coche. Sus paseos por la M-30 los lunes, miércoles y viernes. Desde que diagnosticaron a Mateo, mamá está…, no sé cómo explicarlo, como si hubiera resuelto la ecuación más difícil de un examen de ingreso. Imagino que ella lo supo desde el principio, pero necesitaba que le pusieran un nombre a su certeza. Decirles a todos: «¿Lo veis?». Si lo puedes citar, si lo puedes anunciar, lo puedes trabajar y es más fácil que los demás lo comprendan. Ahora que ha entrado en la universidad, sabe que la carrera es dura y que no se licenciará nunca; bastará con ir superando algunas asignaturas.

Mamá no quería hacer Farmacia, iba para médico. Siempre me dice que cuando yo sea un poco más mayor, me lo explicará. Que no le dio la nota, imagino, aunque luego se licenciara con matrícula en su promoción. A veces pienso que mi madre es un secreto, con ese lunar oscuro que no quiere operarse, debajo del ojo derecho, como si fuera un satélite de la pupila. En primaria gané el concurso literario de quinto grado con la redacción «Mi madre». Está enmarcada y colgada en una pared del salón de casa. El paspartú blanco agranda una simple hoja de cuadrícula de 1 cm y quedó bonito el rojo con el que mi profesor redondeó mis faltas de ortografía: hay un *ormigas* en lugar de *hormigas* y un *e* en lugar de *he*.

Amanda Carson
5.º de primaria. Clase B. Redacción: Mi madre
Mi madre se llama Laura, tiene 36 años y trabaja con mi papá en una farmacia. Tiene los ojos marrones como la arena de las playas, y el mismo lunar que yo debajo del ojo derecho. Su pelo es negro como las ormigas y su piel es clarita y suave. Su estatura es normal. Se lo e preguntado: mide 168 cm. No está gorda ni es flaca, pero sí es la más delgada de las madres que conozco.
Me quiere mucho y está muy orgullosa de mi porque juntas cuidamos bien de mi hermanito. Creo que a todos los que la conocen les parece simpática porque sonríe mucho, sonríe siempre, hasta cuando está triste. Aunque nunca lo está. Le gusta cepillarme el pelo por las noches, mientras me cuenta cuentos que se inventa. Siempre rezamos al niño Jesús antes de apagar la luz.
Yo creo que mi mamá es especial, aunque a ella no le gusta esa palabra. Yo no soy especial, pero mi hermano sí. Lo dijo una vez mi papá y ella se enfadó. Extraordinario es mejor palabra que especial. Viste siempre unas faldas muy bonitas y dice que serán todas para mí cuando yo crezca. No le gustan las mentiras, prefiere el Sol a la Luna. Su color preferido es el verde. El caballo es el animal que más le gusta. Ella es perfecta tal y como es. Si la conoces, te caerá muy bien.

Con los años podré decir que también es paciente, como el invierno cuando la primavera no llega. Lo es con Mateo, con mi padre, con los clientes en la farmacia y, claro, conmigo, que ahora la estoy poniendo a prueba. Es que no es fácil.

Con buena parte del dinero empleado en las terapias de Mateo, mis padres aprendieron la diferencia que existe entre un berrinche y una crisis. Parece que lo segundo es más grave que lo primero. Debería preocuparme, porque yo tengo crisis constantemente, pero no son como las de Mateo. Mi hermano es como una botella de Coca-Cola: debe estar refrigerada y no debes agitarla o corres el riesgo de que explote y saque toda su espuma sorprendiendo al que la abre. Te salpica, te pone perdida. Cuando eso sucede, mi madre se sienta a su lado, deja que ocurra, que Mateo se libere, no le dice nada, no le reprocha, no le grita pidiendo silencio. En cuanto se relaja, se acerca a él y le acaricia el pelo; lo tiene del color del trigo.

Carmina, la psicóloga, lo había explicado con claridad: «la crisis es una reacción a algo que está fuera del control del niño». Una vez al mes, esa mujer hace que yo asista a la consulta, con mis padres. La detesto, o detesto ir; su despacho huele a mandarina, toda ella huele a mandarina. Me mira por encima de sus gafas, luego me sonríe a medias, haciendo una mueca con el lado izquierdo de la boca, los labios cincelados siempre en morado, asomándose unos dientes limpios, pero grises, descalcificados. Creo que mi madre también le ha debido de hablar de mí en alguna ocasión. Le habrá contado que a veces no hablo, o que otras veces cuento las cosas atropelladamente, como si tuviera prisa por volver conmigo y callarme otra vez. Le habrá dicho que antes me gustaba estar con ella a todas horas, que he dejado el conservatorio, que ahora discutimos. Discutimos por todo: por el tiempo que paso con mi teléfono móvil, porque antes leía más que ahora, porque no le gusta la ropa que a mí me gusta, por mi pelo. Oh, sí, mi pelo es una buena fuente de discusión: a mí me gusta suelto, largo, y ella dice que estoy mucho más guapa si lo llevo recogido, o más corto, que no encuentra mis ojos. A mi padre tampoco le gusta Carmina. «¿Qué sabrá esa gordita de niños, si no los tiene propios. Una sacadineros, eso es lo que es, a ver quién puede pagar 100 euros cada vez que nos sienta en un sofá de Ikea, frente a una pared decorada con los dibujos de otros niños, solo por hablarnos como si estuviera entonando una balada». No había tardado en colgar uno de los primeros dibujos que había hecho Mateo en su consulta. Mamá también los tenía expuestos por toda la casa. Sus dibujos son más que admirables, mi hermano pinta con la precisión de un artista consagrado, sus trabajos parecen un calco, una fotografía de la realidad. Observando el dibujo, me costó contener la risa: había trazado un árbol pequeño, floreado en rosa. Estaba claro que tampoco era de su agrado visitar a la terapeuta. Lo identifiqué enseguida: una adelfa. Sus flores, hojas, tallos, rama, corteza y semillas son venenosas. Es desaconsejable su uso privado, porque puede afectar negativamente al corazón. En nuestro país, este tipo de árboles recorren nuestras autopistas. Me lo ha contado mi hermano.

Mateo Carson es un niño guapo. Ya he dicho que tiene el pelo como las espigas de trigo natural, pero no que hay que buscarle los ojos negros, pues rara vez te miran directamente. Te irás de inmediato a sus labios, grandes, agrietados, que se muerde casi sin darse cuenta, así se quita la piel muerta; detesta las barras de cacao. No se parece a ninguno de nosotros, al menos de los *nosotros* que yo conozco, que no son muchos. Cuando yo era más pequeña, jugábamos juntos a moldear con plastilina. Él sigue haciéndolo. Lleva siempre un trozo en los bolsillos y la amasa continuamente, como si sus manos no pudieran permanecer quietas, como si fueran estas las que hablan, las que comunican. Parece un caracol, va dejando su rastro por todas las superficies donde trabaja la pasta; siempre están sucias la ventana de su habitación y la mesilla de noche. Sus uñas, por muy cortas que las lleve, también están llenas de mugre.

Cuando tenía unos 7 años, inició su colección de hojas de árboles. Las recogía, las secaba, luego las colocaba cuidadosamente en un cuaderno en blanco. La primera que tiene clasificada es del eucalipto que hay frente a la farmacia. Debajo de la muestra, pegada con cola de barra, escribió con letra apretada:
   Nombre común: eucalipto aromático
   Nombre científico: Eucalyptus citriodora
   Origen: Australia
   Familia: mirtáceas
   Floración: noviembre-diciembre
   Fructificación: otoño
   Fruto: corola cuatro pétalos blancos
   Las hojas del eucalipto poseen un aceite medicinal muy apreciado.

Yo lo único que sabía es que cuando alguno de nosotros dos se resfriaba, mamá ponía a hervir en una olla un montón de hojas de eucalipto y nos hacía hacer vapores. No hemos tomado, jamás, jarabes para la tos, o para los mocos. «Algunos medicamentos están solo para venderlos». A papá por aquel entonces le hacían gracia las ocurrencias de Mateo, tan poco propias de su edad. «Ahí tenéis a la tercera generación de farmacéuticos de la familia». Tengo la impresión de que ya entonces mamá sabía que mi hermano, al menos, no era como yo.

   Intuye un peligro, una amenaza. La crisis es su respuesta al peligro. Su manera de luchar contra algo que no le gusta. O su forma de huir.

Me puse el anorak encima del pijama todo lo rápido que pude. Mi reloj de pulsera marcaba que faltaban diez minutos para la una de la madrugada. Me había quedado dormida con los cascos puestos. Estaba aturdida. Mateo lloraba con la garganta, con los pulmones, tumbado en el pasillo. A su lado, mi madre también estaba echada, le agarraba la mano, le susurraba «tranquilo, mi amor, todo está bien, estoy aquí». A esas horas, ya se habría despertado todo el edificio. Saqué de los bolsillos mis guantes de lana verde hechos una pelota, del perchero agarré la bufanda de punto rojo que la abuela Gloria había regalado a mi padre unas semanas atrás, por Navidad. Desde que se jubilaron, veíamos poco a mis abuelos paternos. Se habían trasladado a una casa en la sierra, aunque lo cierto es que era ahora, cuando estaban disfrutando de la vida («nos lo hemos ganado»), se pasaban el año viajando de un lado a otro, cada vez más lejos, como si no quisieran despedirse de este mundo sin haberlo recorrido. Ahora están visitando la India. Seguro que mi abuela, tan presumida, se habrá hecho ya con uno de esos saris de colores. Nos traerá uno a mamá y a mí. Lo bajaremos al trastero, junto a los sombreros mexicanos, los ponchos del Perú y las matrioskas. Tengo que decir que me encantó la sudadera que me trajo el año pasado de Nueva York. Lo que me gustaría es ir con ellos a todos esos lugares y hacer fotografías. No creo que, a la vuelta, les contemos que Mateo se ha puesto así. Nos preguntarán qué lo desencadenó; lo pienso mientras busco las deportivas, que me calzo deprisa, sin calcetines. Hago un rápido repaso.

    Mi despertador había sonado a las siete, habíamos desayunado los cuatro juntos. Una mañana especial, con desayuno especial: tostadas de pan de semillas con jamón ibérico y zumo de dos naranjas para todos menos para Mateo, que no dio opción y desayunó los cereales de siempre en su taza blanca de acero esmaltado. Mamá canturreaba todas las versiones posibles del cumpleaños feliz, mientras nos apremiaba:

    —Vamos, vamos. Llegaréis tarde al autobús.

    —¿Mi regalo? —preguntó mi hermano extendiendo el cuello y enroscándose los dedos en el pelo.

—Vaya, estás ansioso —dije.

Yo terminaba de prepararme la mochila; obvié meter el sándwich de queso que me había preparado mamá, doblemente envuelto en papel de cocina y papel de aluminio. No puedes comer sándwich de queso en el recreo de la ESO.

—Tu madre dice que los regalos esta tarde, Mateo, en tu fiesta —contestó papá—. Cariño, tengo la reunión con los de la Gestfarmac, tendrás que atender tú a los del laboratorio. Me enviaron un correo, creo que tienen algo que puede ser lo que estamos buscando. Por cierto, Julita entrará hoy a las 11.

—Ve si quieres, pero a mí me sigue pareciendo una idea ridícula. ¿Le pasa algo a Julita? —preguntó mamá—. Ah, sí, me lo dijo, lleva a su madre al cardiólogo. Ok. ¿Algo más?

—No, creo que no, estamos al corriente con los pedidos. —Papá hablaba y repasaba el periódico en su tableta—. Y ¡no es una idea ridícula!

—¿Vais a comprar una farmacia? ¿Dónde? —pregunté.

—Oh, no te preocupes cielo, tu padre siempre está mirando oportunidades. Nada que deba preocuparte.

—Hoy es mi cumpleaños y es lunes —interrumpió mi hermano—. Los lunes vamos a la biblioteca. Me gusta mucho la biblioteca.

—Pero hoy es un lunes especial y vendrán algunos amigos a felicitarte, mi hombrecito. Ya tienes 12 años. No puedo creerlo—. Los ojos de mi madre se inundaron súbitamente.

Repasaba todo lo acontecido en el día mientras me dirigía al local de Anabel. «Sí mamá, tranquila, voy rápido, tengo cuidado, llevo el móvil». Tomé el ascensor hasta el vestíbulo de la entrada y salí a la calle. El frío me golpeó la cara primero, después se me fue colando por los tobillos desnudos, subiendo por debajo de mi pijama. No había tráfico, al menos no el que hay por las mañanas, cuando Mateo y yo caminamos juntos hacia la parada del autobús. Mis palabras habían sido claras:

—Mateo, ya eres mayor, tienes 12 años. Hoy no me siento contigo.

—¿Por qué no?

—Ya te lo he dicho. Tienes 12 años. Puedes sentarte detrás de Manolo, el chófer. Es simpático, él puede escucharte.

—¿Tú ya no puedes escucharme?

—Sí, Mateo, sí que puedo. Pero yo me sé el nombre de todos los árboles que encontramos de camino al cole.

—¿A Manolo le gustan los árboles?

—Estoy segura.

—Vale.

—No hace falta que se lo digas a mamá. Recuerda: hoy ya eres mayor.

—Vale.

La noche es sigilosa, discreta, su silencio me intimida. Bajé la calle a toda prisa, cuando doblé la esquina, la garganta me quemaba, no era capaz de tragar saliva. Es importante saber controlar la respiración, aunque no seas un atleta profesional. ¿Por qué no nos enseñan a respirar en Educación Física? Es importante, ya lo creo, siento como si un cuchillo me rasgara los tejidos interiores del cuello; deberíamos estar más preparados para las carreras imprevistas de la vida. El barrio que conocía por la mañana no era el que ahora me abordaba, oscuro, con las persianas abajo, con grafitis y mensajes ocultos en el día. No era el momento de sacar mi teléfono y hacer fotos, pero me habría gustado. Sentí alivio cuando llegué a la puerta del Café Arte. Fatigada, empujé la puerta con las dos manos:

—¡Mi padre!, ¿Dónde está mi padre? —pregunté sofocada—. ¿Se ha ido?

—Está en el almacén, guardando los equipos. ¿Qué pasa? —

Era Fernando, toca el bajo, tiene un taller de reparación de motos, está casado con una peluquera muy simpática, no tienen hijos—. Espera, Amanda, ¡espera!, yo lo aviso.

Capítulo 2
Laura

✦━━━━━━━━━━━━━•~❧•━━━━━━━━━━━━━✦

Cocinar de noche me relaja, me desconecta del día. Escojo una receta y compro los ingredientes, cuanto más raros, mejor. Me gusta concentrarme en las elaboraciones, me abstraigo preparando los ingredientes, centro mi interés en que los pesos sean correctos, los tiempos precisos. Luego, durante el día, me sería imposible. Bebo vino mientras cocino y los demás duermen. Cada vez más. También me gusta escuchar la radio y la música clásica me destensa casi tanto como el vino tinto. La pongo muy bajita. Ahora me ha dado por escuchar a Yiruma. Puedo escuchar *River flows* una y otra vez; la descubrí viendo la saga *Crepúsculo*, con Amanda. «La adolescencia se atraviesa con dolor». Algo así me dijo la terapeuta. «No es una enfermedad, se cura, ten paciencia». Tampoco lo de Mateo lo es. Mi precioso bebé tenía 7 años cuando los médicos nos dijeron que viviríamos con él y un síndrome. Qué horrible palabra, *síndrome*. Hoy por hoy, esa soy yo, la mamá de un niño con Asperger y de una niña adolescente con un hermano con Asperger. Ayer por la noche dejé preparada una esponjosa tarta de chocolate y galletas para el cumpleaños de Mateo, su preferida, con él no puedo variar. Sobrará más de la mitad, la mayoría de las madres se han excusado por el grupo de WhatsApp. Algunas: «Nos es imposible, la próxima vez». Otras: «Lo siento, tienen actividades, los lunes son mal día». Los lunes, los martes y las fiestas de guardar. Estoy acostumbrada. Amanda, no, y Mario…, bueno, Mario, sencillamente, pasa de «todas esas marujas». Lleva un tiempo madurando la idea de comprar una farmacia de pueblo.

—¿No te apetece dejar el asfalto? ¿Cambiar de aires?

—Cariño, te recuerdo que tienes un hijo con necesidades especiales, una hija adolescente y una farmacia rentable que nos permite una vida holgada… Además de…, déjame pensar, ah, sí: unos padres que se hacen mayores, tus amigos de toda la vida, la música…

—Por eso mismo. ¿No piensas que Mateo sería más feliz en otro entorno? Laura, ¡los árboles no se leen! ¡Se tocan! Los bosques, amor mío, no se dibujan, ¡se respiran! Tú deberías saberlo mejor que nadie.

Mi padre era geógrafo, naturalista. Publicaba en revistas especializadas. Viajaba constantemente. Estaba casado con los valles y montañas, amaba la naturaleza más que a nada en este mundo. Mi madre se encelaba de los gorriones, de la lluvia que tornaba verde el campo, de las flores que brotaban en primavera, de las agujas de pino que pisábamos. Pero esa es otra historia, una que Mario conoce solo en parte. Los fragmentos escogidos que me permití contarle cuando nos conocimos, cuando mi padre ya había muerto. Cuando mi madre lo había intentado. Otra vez. Al llegar a Madrid, entrar en la facultad y conocer a Mario, yo me había despojado de mi familia, como el que se quita un jersey de cuello cisne en el mes de agosto. Librándome de mis raíces, me había sacudido hasta la tierra que me vio crecer. Me había vuelto libre al llegar a la capital.

Lo dejé con sus argumentos. Lo dejé volar. ¿Qué hay de malo en ello? Mario es como una cometa roja en un soleado día de playa, persiguiendo siempre el viento; yo, la que sujeta sus hilos. Así estamos desde que nos conocimos en la facultad de Farmacia de la

Complutense, cuando, dicen mis suegros, «lo salvaste». Nos fuimos de viaje de novios, recorrimos Europa y empezamos a dar el relevo en la farmacia de la familia. Nacieron nuestros hijos y ahí fue cuando empezamos, de verdad, la parte adulta de nuestras vidas. Creíamos ser capaces de salvarnos de la rutina, con esporádicas salidas al cine, reuniones con viejos amigos, buen sexo. Seguimos haciendo una bonita pareja, seguimos jugando al Scrabble en el salón de casa. Él me masajea la espalda cuando estoy cansada, me prepara el primer café de la mañana. Hunde la cabeza en mi cuello para despertarme, peina mis cejas rebeldes con sus dedos índice y medio. Es el mejor padre para mis hijos. La mayoría de las personas agradecen a la vida tener hijos sanos, deberían: el azar también juega su papel con los padres que nos tocan. Pocas veces lo agradecemos. Deberíamos.

Nuestra farmacia abre de forma ininterrumpida de 9 de la mañana a 9 de la noche. Está bien ubicada, en una calle comercial, a pocos minutos del centro de salud, cerca de los colegios. Julita ya formaba parte de la plantilla cuando yo llegué a la familia, cuando mi marido todavía no se vestía solo. Sabemos los años que tiene, 59, por sus datos de la Seguridad Social. Se reserva su intimidad mientras vive la de los demás. Quizás por eso yo no fui desde el principio santo de su devoción: «Qué sabemos de ella». Si la dejáramos, se haría todas las guardias de la farmacia. Pasa el menor tiempo posible en su casa, donde vive con su madre, una anciana quisquillosa con el alma tan arrugada como el rostro. Esa mujer parece sacada de la viñeta de un cómic, tan menuda y encorvada, con una nariz enorme, casi pegada a su barbilla. Se ayuda de un bastón con mango de bronce para caminar; he visto cómo se estremece su hija cuando oye el golpe seco de la muleta. Quién sabe a qué se debe el excesivo formalismo de Julita en su trato con los clientes, en especial con los hombres, a los que atiende con distancia. No sin disimular su desagrado, vende condones y ha dejado claro un «conflicto moral con mi conciencia» para no despachar la píldora del día después. Es seca, como una ciruela deshidratada. Con todo, es a ella a quien nos dirigimos cuando vacilamos. No alberga dudas, un vademécum de los fármacos. Menos mal que su arrogancia baja unos cuantos escalones cuando debe rendirse a la ayuda de Raquel, o a la de Mario —a mí no osa preguntarme—, con los programas informáticos («los carga el mismísimo diablo»).

Luego me alegraría de su retraso esa mañana. Llamó por teléfono, que se incorporaba un poco más tarde («el médico no ha empezado la consulta»). A ella no se le habría pasado por alto la desaceleración de mi pulso, la palidez de mi rostro cuando ese hombre entró por la puerta de la farmacia. Lo atendió Raquel, nuestra joven auxiliar, mucho más dicharachera y resuelta detrás del mostrador en ausencia de Julita. Yo estaba agachada en el área que tenemos para ortopedia, ayudaba a una clienta con varices a colocarse unas medias de compresión. Cada vez hay más personas con insuficiencia venosa crónica; yo misma tengo varices, unas estrías heredadas, azuladas, bajan irregularmente por mis piernas, forman pequeñas raíces que afloran enredándose en diminutos nudos, me causan dolor y me afean las piernas, no hay una sola falda corta en mi armario. La señora no era una clienta habitual, había oído que teníamos las medias de promoción esa semana. «No se preocupe, se acostumbrará a ellas», le dije; me contaba que no quería operarse mientras sus piernas ejercían una fuerza contraria a mis brazos para que la malla se ajustara correctamente.

—Yo no las uso —dije. La mujer, me miró sorprendida—. Es mucho mejor que ponga las piernas en alto cuando esté sentada y eleve el colchón para dormir.

—Vaya, no es usted muy buena vendedora, ¿No me las recomienda, entonces? El médico dice que...

—El médico seguro que no tiene varices —menos mal que no estaban Mario ni Julita para reprenderme—, pero, claro, lléveselas, algo la ayudarán.

La cola frente al mostrador seguía creciendo, mientras yo doblaba y colocaba de nuevo las medias en su envoltorio. Quería equivocarme, quería que de verdad no fuera mi pasado el que hacía cola detrás del abuelo que pedía sus pastillas para la tensión. ¿Cuánto hacía?, ¿veinte años? Me permití observarlo unos segundos, antes de dirigirme a la caja con las medias de mi clienta y hacerle frente irremediablemente. Vestía de traje elegante; su apostura, viril, había sumado con el paso del tiempo. Ahora llevaba gafas, cristales haciendo frontera con sus bellos ojos oscuros. Llegó su turno, le observé apoyar las manos en el mostrador: la manicura hecha, una alianza en el anular de la mano izquierda. Pidió Nolotil. Reconocí enseguida su voz voluminosa, afable. Creí que la había olvidado, pero ahora podía recordarla. No habían desaparecido sus migrañas. «Gracias, Raquel. Cobro yo al señor».

Radiografía del primer amor
«Cómo te lo explico, Amanda, hija... Lo sabrás, tú sola lo sabrás».
El primer amor deja una mancha permanente, definitiva, imborrable, como la que deja el vino tinto cuando se vierte sobre un fino mantel de lino blanco. Se recuerda siempre lo que es inolvidable, permanece, porque, aunque se acabe, se ha quedado para siempre.

Mario se despojó del chaquetón que llevaba y se arremangó el jersey en cuestión de segundos. Mateo no había logrado calmarse ni siquiera un poco, lloraba como si no hubiese consuelo posible, con toda su caja torácica, sin lágrimas. Los brazos de su padre lo rodearon con tanta fuerza que pensé que nuestro hijo se quedaría sin respiración. Primero forcejeó, con rabia, con violencia, en unos pocos años sería tan alto como Mario, pensé que no le serviría esa maniobra de contención. Le decía: «Vamos, hijo, estoy aquí. ¿Qué ha pasado?». Y cedió, poco a poco, Mateo se fue relajando, hasta que el abrazo fue eso, un encuentro correspondido, hasta que creí ver que no era su padre quien lo sostenía, sino al contrario. Era Mateo quien parecía sostener a su padre, que había empezado a llorar calladamente, como si hubiera abierto la puerta a uno de esos días, grises, fríos, en los que la lluvia te empapa por fuera y el frío te recorre por dentro. Mario se quedó dormido en sus brazos, lo llevó a la cama, lo arropó, lo besó. Amanda fue a su dormitorio y cerro el pestillo de la puerta. No me gusta que cierre el pestillo («Déjala, Laura, no le digas nada... Yo hablaré con ella mañana»). Me fui a la cocina y abrí una botella de vino tinto, me serví una copa y decidí preparar las alcachofas que tenía en la nevera. Haría una crema. Casi nadie prepara crema de alcachofas, son trabajosas, hay que buscarles el corazón. Antes, hay que saber escogerlas, que estén frescas, con la hoja apretada, dura, que tengan un color verde, brillante, sin manchas negras, con el tallo firme. Los cocineros recomiendan comprarlas pequeñas o medianas, pero a mi parecer, si el alcaucil es grande, más grande será su corazón. No puedo dormir, hoy no puedo dormir. Cocinaría una sopa de dulzura perfumada, de sabor intenso; la trabajaría para reducir su acidez.

A la mañana siguiente, Mateo no recordaba nada, Amanda no quería desayunar nada y Mario no quería decir nada. Respeté todas sus buscadas ausencias, aunque me preocupaba que Amanda fuera al colegio en ayunas. En la calle todavía estaba oscuro, la luz de la lámpara de la cocina incidía en el centro de la mesa redonda. La cafetera silbaba al lado de la olla exprés, donde había dejado reposar y enfriar la crema de alcachofas. Dispuse sobre el mantel los cereales, la leche fresca, tostadas, mermeladas y fruta. Mateo hacía rodar un pegote de plastilina con la mano derecha, le salía cada vez más largo y fino, como si quisiera crear una serpiente o una larga barra de pan.

—A Manolo le gusta el árbol sacarino —dijo de repente mi hijo.

—Cariño, ¿quién es Manolo?

—Es el chófer nuevo que hace la ruta escolar —contestó rápidamente Amanda.

—¿Es tu amigo, cielo? —pregunté.

—Sí, ya soy mayor, tengo un amigo mayor.

—¿El árbol sacarino? —inquirió Mario—. Ese se me escapa. ¿Cuál es?

—Está en el catálogo de los árboles singulares de Madrid. Hay pocos, en el Retiro, pero a Manolo le gusta el que vimos ayer pasando por la plaza de la Lealtad. Es un arce blanco americano o arce sacarino. Manolo me dijo que como el botones. No lo entendí, dice que es un señor de un cómic que leía de pequeño. Tenemos que ir a verlo, papá, tiene el tronco muy diversificado desde el suelo y se vuelve frondoso, muy frondoso, en verano. Hay muchos en América, pero aquí en España no suele dar frutos y tiene una vida corta.

—Vaya, pues iremos a verlo este fin de semana. Prometido. En cuanto regrese de mi viaje.

—¿Te vas? No me habías dicho nada —dije removiendo mi café con la cuchara, mientras acercaba las tostadas a Amanda, que se había levantado de un horrible humor. ¿Qué podía reprocharle? Había dormido poco y mal.

A veces, cuando miro a mi hija tengo más miedo que cuando miro a Mateo. Es difícil encontrar el camino que lleva a las emociones de Mateo, pero Amanda puede vestirse con una armadura metálica, esconderse bajo un escudo. Se vuelve impenetrable por decisión propia.

—Tienes un examen, necesitas desayunar bien, hija.

—¿A quién le importa ese examen? —dijo levantándose de la silla con brusquedad.

—Amanda... —Su padre es, de los dos, el único que consigue apaciguarla.

—Déjame en paz, papá.

—Por favor, no le hables así a tu padre. Lo siento, sé que estás cansada, lo estamos todos, pero no es justo que...

—Déjalo, mamá, déjame, de verdad. Me quiero ir ya. ¡Mateo, ¡no voy a esperarte ni un minuto más, vamos a perder el autobús!

—El autobús no se pierde, solo se pondrá en marcha si no llegamos —contestó su hermano.

—Pues ojalá se perdiera conmigo dentro.

Mario se fue casi inmediatamente detrás de ellos. Cogió una de las maletas pequeñas del altillo y en dos minutos la tuvo lista. Dobló y colocó un pijama, un par de mudas interiores, el pantalón azul de pinzas, dos camisas y el jersey de cuello cisne gris que le regalamos en Reyes. Me pidió una bolsa cualquiera para colocar dentro unas zapatillas, y lo poco que precisaba para su aseo personal lo acopló en un neceser de viaje: cepillo y pasta de dientes, un peine pequeño de púas de madera, desodorante, perfume en roll on («habrá champú en el hotel»); metió también la máquina de afeitar. Pensé en qué poco necesitamos para emprender un viaje. Cualquier otro día podría haberlo disuadido de viajar, pero entendí que estaba ofuscado. Me habló de la reunión con los de la consultoría, mientras se anudaba los cordones de los zapatos, agachado; me explicó que había la posibilidad de hacerse con una farmacia en un pueblecito del norte, la única en una villa marinera que daba la espalda a las montañas. «Un chollo». El precio lo negociaba directamente con el titular («Un tipo particular, quiere jubilarse, sin familia»). Los de la gestoría le habían dicho que era mejor que fuera a visitarlo directamente. Mario tanteaba el mercado de vez en cuando, miraba otras farmacias, igual que estaba al tanto de otras inversiones inmobiliarias. Ya teníamos un par de pisos, en Getafe y en Granada, que alquilábamos a estudiantes. Ni yo tenía intención de irme, ni él acabaría comprando, pero a veces lo dejaba, aflojaba la cuerda, dejaba que ocupara su mente. Cada cual sortea el temporal a su manera: él hace números, calcula beneficios, habla con unos y con otros, coge el coche para hacer kilómetros. No quería hablar de lo sucedido por la noche, ya habíamos pasado por más episodios de ese tipo con Mateo, aunque llevaba una buena racha; deberíamos preguntarnos qué podía haber pasado, pero no lo hicimos; debería haberle hablado de mi encuentro con Javier, tampoco lo hice.

Javier, Javier de Sastre. Javi. Puede que en casa o en la escuela, pero muy pronto, empezaron a bromear con su apellido, así que se esforzaba al máximo para mantener el orden en su cajonera, la línea en la fila, su grafía siempre tan recta, como si fuera posible tener la vida ordenada tan temprano. Desde cuándo hemos coincidido, lo recuerdo de niño, cierro los ojos y lo veo: los pantalones siempre a la altura de las rodillas, en invierno, cuando el frío en el pueblo era capaz de congelarnos el pensamiento; sus piernas eran como los árboles frutales recién plantados, troncos larguiruchos, delgados. Entonces no sabíamos que mediría casi como el larguero de una puerta. Entonces no sabíamos nada. Aprendíamos las tablas de multiplicar; la del siete siempre se me dio mal, él me la preguntaba salteada de camino a la escuela. Sé cuándo me enamoré de él: la vez que se arrodilló en el suelo para atarme bien los cordones de las zapatillas de deporte. Yo siempre me pisaba los lazos blancos, los ataba flojos, los ataba mal, el nudo se deshacía con mis pasos y los pies se tropezaban. Se quitó la mochila de la espalda, dejó un archivador de separadores en el suelo y se agachó sin más. Yo permanecí inmóvil, abrazada a mi carpeta forrada con fotos de la *Súper Pop* amortiguando los latidos del corazón. Hoy las chicas no se forran las carpetas, Amanda las lleva lisas; ni siquiera le gustan las que ya vienen con frases de esas molonas del tipo «Melenas al viento y a vivir el momento» («Son una gilipollez, no podría distinguir la carpeta en clase, todo el colegio las lleva»).

Una vez mi padre me habló de las cigüeñas negras. Preparaba un reportaje para una revista sobre cómo peregrinan desde su lugar de invernada. Pueden recorrer hasta 80 000 km, vuelven al calor, pese al cansancio, a pesar de los francotiradores, hacen frente a depredadores, pero vuelven. No puedes partir sin despedirte, porque tu marcha se convierte en una cigüeña negra; volverá como una migración primaveral.

Susurró mi nombre, lo partió en dos sílabas, la primera sonó a sorpresa, a susurro, la segunda a encuentro, a fin de la espera: «Lau–ra».

—Hola, Javi.

Capítulo 3
Laura

Mario pasó el resto de la semana fuera. No quería aventurarme nada, me dijo lo justo: «El lugar es de cuento, pero el dueño de la farmacia es un hueso. Lo estoy trabajando». Cuando el viernes por la tarde sonó el teléfono, Amanda estaba encerrada en su cuarto, leyendo, y Mateo dibujaba sobre la mesa del salón. Era una tarde muy fría de finales de enero. Yo estaba en la cocina haciendo un chocolate caliente, una receta que me encanta preparar, con clavo, naranja y canela, cuando necesito darme abrigo por dentro, cuando urge dar mimo a los míos. En una olla vacía coloqué las cáscaras de naranja que había retirado con el pelador de patatas, añadí un clavo de olor y un trozo de canela en rama. Prendí el fuego e incorporé la leche. Agregué el cacao en polvo y me dirigí corriendo al salón cuando el teléfono ya sonaba por tercera vez. Tiene un tono casi inaudible, para no incomodar a Mateo. Claro que nadie llama a casa al teléfono fijo («tenemos que quitarlo»), a excepción de mi suegra, Gloria, mi marido o las auxiliares, si no contesto al móvil. Recordé que lo tenía en silencio. Desde el lunes, los mensajes de Javier no habían cesado: «Veámonos, por favor», «Solo un café». Mateo ni siquiera se dio la vuelta cuando me acerqué a por el aparato. Mientras dibuja, se sumerge en un mar oscuro de aguas profundas. Dibuja con precisión, como si estuviera calcando una fotografía. Miré de pasada, no reconocí lo que trazaba. Regresé para hablar desde la cocina, no quería que el chocolate se pegara.

—¿Sí?

Cuando oí la voz de mi marido al otro lado del auricular sentí como si ya hubiese tomado ese chocolate. Era ese bienestar, la comodidad, el desahogo que siento cuando al final del día oigo la cerradura y veo que abre la puerta.

—Te echo de menos. ¿Cuándo vuelves?

—Mañana —dijo, y supe que las cosas no habían ido como esperaba—. Por eso me gusta irme, para que me extrañes. ¿Qué tal todo?

—Bien, todo bien por aquí —le dije. En fracciones de segundo me vino a la cabeza todo lo que podía contarle y no debía decir por teléfono: Amanda había suspendido su examen de Química, nada raro, excepto porque es el primer suspenso de su vida y no se ha inmutado. Desde el cumpleaños de su hermano, desde el incidente por la noche, desde que él se fue, apenas sale lo justo de su habitación. Aparentemente Mateo no está peor. Carmina lo había evaluado esta misma tarde en su consulta: «Estad atentos», dijo, como si no lo estuviéramos cada día, cada hora, cada minuto, cada segundo. Julita ha anunciado que dentro de 15 días deberá coger una baja, operan a su madre, tendrá que cuidar de ella. Me lo anunció como si le hubiera caído una sentencia condenatoria, como si fueran dos semanas las que restaban para entrar en el corredor de la muerte. Nuestros inquilinos de Getafe han llamado, hay que cambiar la caldera cuanto antes, están sin agua caliente y sin calefacción; he llamado al técnico, nos costará unos 2500 euros. Y Javier está en Madrid.

—Anda, cuéntame un poco tú. ¿Qué ha pasado? ¿Te ha dado calabazas también a ti el viejo farmacéutico?

Lo escuché atentamente, tratando de poner en imagen sus palabras, mientras toda la casa se envolvía con el aroma del cacao. Fuera estaba oscuro. El frío de la tarde se agarraba a las ventanas de la cocina, haciéndolas sudar por dentro. Me habló de un pueblo de cuento, de paisajes increíbles, casas de piedra en calles serpenteadas que daban la espalda a la montaña y miraban al mar. Diez habitantes de más lo separaban de los menos de dos mil que debería tener para ingresar en el selecto grupo de los pueblos más bonitos de España. La farmacia ocupaba la planta baja de una antigua casa indiana. El dueño le dio un «no» nada más verlo. «Ese tipo no tiene familia, no quiere vender, mejor, no sabe lo que quiere». Regresaría temprano mañana, me lo contaría todo, se había alojado allí mismo, a pesar de que el pueblo estaba a menos de media hora en coche de Pontevedra, en una casa hotel de piedra reformada por una simpática venezolana.

—Te encantaría, Laura. De todas formas, os traeré a todos aquí algún día. Podríamos pasar unas vacaciones en verano, sería fantástico. Mañana te veo, cielo. ¿Me pones a los niños?

—Amanda, es papá, al teléfono. Regresa mañana, quiere saludarte.

Mi hija se tomó unos segundos en responder, al otro lado de la puerta de su habitación.

—Me iba a meter en la ducha, no puedo hablar con él ahora. Lo siento.

—La has oído, ¿no? —hablé de nuevo al auricular—. Te paso a Mateo, está dibujando en el salón. No te preocupes por Amanda, son cosas normales de su edad...

Mi hijo levantó su lapicero del papel y estiró el cuello, como una jirafa en busca de alimento. Su padre le preguntó qué estaba dibujando, «un bosque, un bosque visto desde el suelo, raíces grandes y pequeñas entrelazadas». Me pregunto si al otro lado del teléfono mi marido sentirá lo mismo que yo al escuchar a nuestro hijo; aunque no lo vea, sabrá que su expresión facial no ha cambiado para saludarlo, no le dirá: «un beso», porque los besos no se dicen, ni se envían por teléfono, tampoco los abrazos, que se dan y se reciben. Desde fuera, sería fácil pensar que nuestro hijo es como un robot, con patrones de habla extraños, un poco pedante, con movimientos predecibles, como el programa de una lavadora. Pero no es así: siente, es su forma de ser; no lo es, nuestro hijo no es ninguna máquina estropeada, aunque le cueste abrazarnos, besarnos, aunque su mundo sea un bosque impenetrable, él trata de guiarnos a través de sus dibujos. Por eso sé que la mayoría de la gente alza su mirada a las copas frondosas de los árboles, valoran su altura, el color de sus hojas, la fuerza de las ramas. Admiran su fortaleza, su belleza, consideran que son las copas de los árboles las que están expuestas a los vendavales, a los aguaceros intensos, a las nieves que hielan. Pero todas esas fuerzas se amortiguan y transmiten a través del tronco hasta las raíces. Son ellas las que soportan la mayor parte de las adversidades, las que evitan que un árbol sea derribado: «Se agarrarán con fuerza a la tierra y a las piedras».

Mario le habló del árbol centenario que ocupaba la plaza de Brétema. Para ser sincera, nunca antes había sabido de la existencia de ese pueblo. Hay palabras, lugares, personas nuevas que se te presentan, se incorporan, se cuelan en tu vocabulario, en tu geografía, en tu vida, de forma inesperada, como los rayos de sol en temporada de lluvias o, al revés, como el agua que riega el campo tras largos meses de sequía.

Cómo iba a saber yo que no volvería a verlo, que había cerrado una maleta pequeña con tan poco que llevarse para irse de nuestras vidas. Se había tomado una segunda taza de café antes de marcharse, yo le había echado por el cuello una bufanda, como el que entregaba un escudo para combatir el frío del norte. Antes de irse, me había dado un beso, qué me dijo, qué fue lo último que me dijo. No iba a recordarlo, aunque batallara mucho tiempo por encontrar esas palabras.

El sábado me levanté temprano. Mis hijos dormían los dos, abrí las ventanas, el cielo estaba blanco, se podía escuchar el frío de la mañana. Preparé café, fui consciente del borboteo de la cafetera. Le pongo siempre atención, porque me gusta disfrutar de su aroma. Calenté la leche en el microondas, igual que todos los días. Descolgué el teléfono en el mismo instante en que el microondas me avisó con un clic de que ya estaba, de que todo había acabado, o todo estaba por empezar. Una voz femenina, adulta y acatarrada me puso en alerta: «Ha habido un accidente, se trata de su marido...». Ya no escuché más, no quise, no pude. No era posible que sucediera de nuevo, un rayo no golpea dos veces. La cafetera rebotaba sobre la placa, dando pequeños saltitos, el café rebosaba y la quemaba. La retiré cuando picaron a la puerta, un timbre seco y rápido. Mario se había encargado de cambiarlo, el anterior era como recibir una descarga eléctrica en medio de una apacible siesta. Dos policías entraron en el salón de casa, traían el frío en la nariz, en los pómulos. Uno de ellos era bastante joven, o eso me pareció, alto, de tipo atlético; el otro, más mayor, de rostro afable, se quitó las gafas como para hablarme, pero no lo hizo, miró a su compañero, como si tuviera que aprender de él. Pensé que hay trabajos para los que es difícil estar preparado. Los invité a pasar a la cocina, hablé bajito, no quería despertar a mis hijos, no todavía. Por favor, un poco más de felicidad.

Los agentes sabían que tenía dos hijos y un síndrome, sabían que estaba sola, que mis suegros estaban volando de regreso, que habían perdido sus maletas a la ida y a su hijo a la vuelta. Sabían que Mario no tenía hermanos y que yo tampoco. El mío falleció muchos años atrás, como si la carretera fuera un cáncer hereditario que se apropiaba de los que más amaba. «Lo sentimos». No podían avisar a mi padre, que murió quince días después de mi hermano, pero sí ponerse en contacto con las autoridades de Carvoeiro, en Portugal. «Allí es donde reside su madre, ¿cierto?». Les di café, los dos con leche, azúcar para el joven, sacarina para el mayor. Aquellos dos hombres desconocidos eran conocedores de la vida que yo había borrado y de la vida que era mi vida hoy, como médicos leyendo la analítica completa de sus pacientes. Sabían: Laura Cid, nacida en agosto de 1974, en Valdepeñas. La pequeña de dos hermanos. Su padre había sido un reconocido naturalista de la zona; su madre, una modista con problemas de depresión. Estaba operada de apendicitis, había heredado una pequeña extensión de viñas que no trabajaba. Se fue del pueblo para estudiar en Madrid y ya no había regresado. Unas pocas multas de aparcamiento en zona azul, nada más, una buena ciudadana.

—¿Podemos avisar a alguien? ¿Una amiga? ¿Una vecina? Conocidos de su confianza que puedan quedarse con sus hijos.

—No, no se preocupen. Hablaré con mi hija, ella es quien mejor puede ocuparse de su hermano. Denme unos minutos. Espérenme abajo. Gracias.

Se había quedado dormido. Eso me dijo el policía joven, hablando muy despacio, midiendo cada una de sus palabras. A mí me había dicho que saldría a primera hora, para llegar a mediodía, pero cambió de parecer y salió de madrugada, de noche, para llegar a casa temprano, querría darnos una sorpresa. «Está en La Paz, tiene que acompañarnos». A Mario le encantan las sorpresas. Le encantaban. Me lo repito: a Mario le encantaban las sorpresas. Se salió de la vía, no se pudo hacer nada. «Murió en el acto».

Capítulo 4
Amanda

Mi padre murió un sábado del mes de enero, dos meses antes de mi decimoquinto cumpleaños. No me despedí de él, no le dije que lo vi. Vomito todos los días desde el día de su entierro. Fue una ceremonia sencilla, bueno, no sé si son así todos los entierros, nunca antes había estado en otro. Estaba soleado y no hacía tanto frío. Después no se nubló el día, ni se puso a llover, como sucede en las películas. Solo mi abuela Gloria vistió de negro: zapatos de salón con tacón bajo negros, vestido negro, jersey de cachemir negro, abrigo, bufanda y guantes, también negros. El abuelo la sostenía. Mi madre me sujetaba a mí con un brazo, a Mateo con el otro, abarcándonos a los dos, nos cobijaba. Mateo se miraba los pies, se pasaba un pegote de plastilina hecho bola, de una mano a otra. Vomité en sus zapatos todo lo que no había comido, un feo líquido viscoso y blanco. Mamá despejó el pelo de mi rostro, para evitar que el vómito lo mojara. El sacerdote rezaba un padrenuestro. Me pareció que estaban presentes todos los amigos de mi padre, sentí que todos me observaban. Detrás de Julita y Raquel, Anabel se tragaba compungida las lágrimas en pequeños sorbos, aspirados hacia dentro. Y otra vez esa imagen de mi padre que yo trataba de expulsar, no la quería en mis recuerdos, no compartiendo espacio con aquellos que yo me afanaba en ordenar, en almacenar: sus ojos de serpiente, su rostro antes de la barba, su rostro con barba, sus manos grandes y ásperas jugando a trenzar mi pelo; yo sobre sus hombros, escuchando su risa grave y sonora. Su olor. Su satisfacción cuando eché a nadar en la piscina, cuando quitó los ruedines de mi bicicleta; yo en su regazo tocando la batería; nuestras batallas al parchís y al Rummy; sus abrazos de oso. Los dos repasando mis materias de Física y Química; todas las veces que me ha guiñado un ojo en la consulta de Carmina. Ya nadie va a llamarme bolita.

Durante unos días no fuimos al colegio y eso no fue en absoluto lo más conveniente para mi hermano, que se desorientó del todo. Mi madre llamó a Colombia, Luisa no podía regresar, al menos no tan pronto como queríamos. Su madre había enfermado, no podía apartarse de su lado en esos momentos. Los llamaba a ellos, a Luisa, y a papá, por las noches, cada vez con más desesperación. Sus gritos me desvelaban y entonces lo odiaba porque me recordaba que papá no estaba, se había ido. Mi padre está muerto. Así lo anoté en mi diario: mi padre está muerto. No le dije adiós. Mateo se despertaba a las dos de la madrugada, otras noches, a las cuatro. A esas horas pedía tomar su desayuno, sin atender a razones, aunque subiéramos las persianas y le mostráramos la luna. Quería sus cereales, en su taza, quería que se los diera papá, quería que se los diera Luisa. Cuando se percataba de que ni uno ni otro llegaban, se desesperaba. La botella de Coca-Cola se agitaba con fuerza, la chapa se descorchaba sola de la presión. Estallaba. Antes de lo de papá, mamá dormía poco, ahora no dormía. Al menos no lo hacía en su cama. Ella dormía en el lado derecho, más cerca de la puerta, papá en el lado izquierdo, al lado de la ventana. Su ropa y zapatos siguen en el armario, su perfume, en el mueble del baño.

Esta mañana ha habido suerte, Mateo se ha despertado a las seis y media. Cuando alguien que quieres muere, deberíamos poder hibernar, como las marmotas o los erizos, que duermen para escapar del frío y de la falta de alimentos en invierno, evitan las condiciones adversas que hay fuera. Escucho a Mateo, oigo los pasos de mamá, abro los ojos, siento como se me encoge el pecho, la angustia se ha colado en mi sistema circulatorio, me recorre el cuerpo. Me levanto como un resorte de la cama, miro el reloj y abro la puerta de mi habitación. Mi hermano ya está sentado en la cocina. Hoy me ha llamado a mí.

—Mateo —le digo—, ¿sabes que todavía es temprano? ¿Por qué no duermes un poco más?

Mi madre me rodea con los dos brazos por la cintura y me estrecha contra ella. Lleva puesto un pijama de papá que le queda grande y largo de mangas, el pelo recogido en una coleta que acaba de hacerse sin pasarse un peine, con las manos. Me da un beso y se dirige a la alacena, en busca de los cereales de Mateo. Dice: «Hoy vais al cole».

—Yo no quiero ir, mamá —me tiemblan los labios—, no todavía. Me van a mirar, me van a preguntar...

—Tu hermano necesita sus rutinas y tú también, mi amor.

—Déjame un día más, por favor. Por favor, mamá.

—Cielo —me agarra firme las dos manos, me mira a los ojos, la veo fuerte—, no puedes perder más días de clase o te quedarás atrás. Si te dejo hoy en casa, mañana me dirás lo mismo. Es temprano, dúchate, he planchado tu uniforme. Te prepararé el desayuno.

En la cocina, sobre la vitro, había una olla de caldo. Mi madre había estado cocinando de noche, los abuelos vendrían a comer. Ni siquiera el día que enterraron a papá ella había dejado de cocinar. Sacó del congelador unos muslos de pollo y una tira de costilla. En la nevera tenía tocino y una punta de jamón. No faltaba el caldo en mi casa, caliente, a cualquier hora, reconfortante, mejor que la tila, mucho mejor que el Lexatin que tomaba la abuela.

Fuimos al colegio. Antes, vomité el desayuno.

Fue horrible. Estaba claro que mis compañeros se habían tragado una tutoría previa para recibirme en clase, debieron de ensayar, como cuando realizamos los simulacros de incendios. Algunos, deliberadamente, no me dijeron nada, pero fueron más amables de lo habitual; otros optaron por un «Te acompaño en el sentimiento», tan impropio a nuestra edad que sonaba igual que un rapero cantando un bolero. Fueron mejores los del «Tía, lo siento mucho» y los apretones de mis profesores que hicieron la vista gorda durante unos días con los resultados de mis exámenes, con la entrega de trabajos y con los deberes. Calculé que fue un mes. Exacto, fue más o menos un mes, eso es lo que tardan los demás en normalizar la tragedia ajena. Pasado ese tiempo prudencial, mis compañeros dejaron de hablarme dos tonos más bajo, sus madres evitaron mirarme para no hacerlo con lástima y los de otras clases dejaron de observarme en el patio del colegio como si fuera un pez fuera del agua.

Empiezo a pensar que, de todos nosotros, solo la abuela Gloria parece normal. Me refiero a que llora por los rincones, aferrada a la pena que no quiere soltar. Está triste, quiere estar triste, que la dejen en paz, que el suyo es el peor de los dolores. Mamá se ha quedado viuda, huérfanos mi hermano y yo, pero para ella no hay palabra. «Es indescriptible». Al contrario, el abuelo está hiperactivo, tratando de hacer las cosas bien «por el bien de todos», como si tuviera un solo objetivo: «salir adelante». La abuela Gloria lo mira y llora, mamá evita mirarlo, creo que es porque el abuelo es una copia envejecida de mi padre y ellas dos pareciera que acaban de descubrirlo. Un calco más bajito, con las entradas más pronunciadas y el pelo encanado, la misma piel seca y enrojecida detrás de las orejas, las manos inflamadas, solo que al abuelo la psoriasis también le afecta a las articulaciones. De haber vivido más años, seguramente a mi padre también le habría sobresalido la barriga por encima del cinturón. Hasta su forma de caminar es la misma, relajada, con pasos ni muy cortos ni muy largos. Afable y extrovertido, se ha puesto otra vez la bata blanca, antes gestionó los papeles del seguro. He descubierto que morirse vale mucho dinero. Mi padre está enterrado dentro de una urna biodegradable, debajo de un ciruelo rojo.

En el álbum blanco de Mateo:
Nombre común: ciruelo rojo
Nombre científico: Prunus cerasifera
Origen: oeste de Asia, Cáucaso
Familia: rosáceas
Floración: marzo
Fructificación: principios de verano
Fruto: drupas de color rojo oscuro
La flor del ciruelo representa la fortaleza ante las adversidades, por ser capaz de florecer cuando aún están presentes los rigores del invierno.

Mateo, poco a poco, vuelve a dormir mejor. Le hace bien ir al cole. Mamá ha adelgazado, está ojerosa. Por lo demás, está bien. Eso parece. Rocío me ha dicho que ha buscado en internet lo de mi madre.

—¿Qué se supone que es lo de mi madre?

—Tiene un duelo retardado.

—¿Qué significa eso?

—Que el dolor está dormido, tiene que despertar.

Capítulo 5
Laura

—No estás mejor, Laura. Lo cierto es que han pasado cinco meses y no hemos avanzado nada —me dice el terapeuta que me recomendó Carmina. Dos pisos en ascensor separan su consulta de la de mi hijo—. A ver, ¿por dónde vamos?

Accedí a que me viera un psicólogo porque pongo en práctica todo lo que me recomienda Carmina y ella lo dijo muy claro: «Por el bien de tus hijos. No estás bien». Mi primera intención era ir a una sola sesión para que me dejara en paz. Las opciones eran dos: esperar a que Mateo terminara su consulta o sentarme en el mullido orejero con reposapiés para entablar conversación con un desconocido que cobra 100 euros por escucharme. Pensé en Mario, porque eso es lo que él habría pensado, que iba a pagarle a un loquero. Pero aquí estoy, porque durante cincuenta minutos, Jorge —así se llama el loquero— regula las varillas de las persianas para atenuar la luz que entra en la sala, donde no hace frío, tampoco calor, y el hilo musical es tan sutil que hace de barrera entre el rumor y el silencio. Luego se sirve un café de la máquina y se sienta en otro butacón gemelo al mío. Así, cerca, sin mesillas que nos distancien, se acomoda relajado, desanudando, si es que lo lleva, el nudo de su corbata. No sé si voy porque me escucha o porque yo soy capaz de hablarle. Porque lo mío es fácil. Mi marido ha muerto, soy capaz de decir esas palabras, sin eufemismos. Gloria dice: «Nos ha dejado». Pero no, el jamás nos habría dejado. Ha muerto. Lo habíamos hablado alguna vez, cuando los niños dormían, con una copa de vino en la mano, con humor. Lo recuerdo:

—Me moriré yo antes que tú, Laurita.

—No se te ocurrirá dejarme sola... —dije.

—Si sucediera al revés, el que no podría quedarse solo sería yo, cariño. Tú eres más fuerte e indispensable para la familia. Así que por regla natural sobrevivirás tú. —Alzó su copa y brindó en el aire, guiñándome su ojo de serpiente—. Recuerda que no quiero estar encerrado y no se te ocurra meterme en ninguna caja.

—Oh, claro. ¿Dónde quiere reposar el señor? —dije.

—Bajo un árbol, por ejemplo. ¿Has visto el que ha dibujado hoy tu hijo? —Su cara se llenó de emoción—. Deberíamos hacer algo con sus ilustraciones, ¿no crees?

—¿Sabes? Lo único que me da miedo de morir es dejar solo a Mateo. Amanda saldrá adelante, lo sé porque yo lo hice, pero nuestro hijo...

Mi marido dejó su copa de vino sobre la encimera y me agarró por la cintura, hundió la cara en mi cuello y empezó a besarme, despacio. Se estaba dejando barba, para ocultar el rostro escamado, el pelo me cosquilleaba.

—Nuestro hijo es excepcional, inteligente y cautivador. Por ahí fuera hay gente normal con más rarezas que él. Vamos, Laura, ¡trabajas en una farmacia!, ¿qué diantres despachamos más? A veces pienso que la gente normal solo lo parece porque está medicada, ¿no crees? —Me colocó a mí también encima de la encimera, me abrió las piernas.

Esa tarde Mateo había dibujado un hermoso ejemplar de ciruelo rojo.

A mi padre se le había roto el corazón, eso nos dijeron en el hospital provincial. Murió quince días después de que lo hiciera Pedro, mi hermano pequeño. Ahora tocaba hablarle al loquero de mi madre. No entiendo adónde quiere llegar mi joven psicólogo con todo esto, se lo digo. Pero él insiste: «Es importante». No sabría por dónde empezar. Me ayuda: «Por el principio».

Ella era modista. La gente del pueblo le llevaba vestidos para acortar, dobladillos de pantalones, telas para hacer cortinas, bordados, zurcidos y cremalleras. Cosía en casa, en la cocina, al lado de la lumbre. Tenía la máquina de coser encima de una mesa camilla que había pegado a la pared. Sobre la mesa había hilos sueltos de colores, retales, botones de todos los tamaños metidos en frascos de cristal, tijeras y una caja pequeña de latón con dedales y alfileres. Del otro lado de la ventana la casa encalada de nuestra vecina era su paisaje inmóvil. Se levantaba al alba, en bata de algodón, se cepillaba el pelo muchas veces antes de recogerlo hacia atrás. Tenía una frente amplia, la tez clara, los ojos grandes. Solo tenía 35 años cuando sucedió la primera vez. La mañana de su cumpleaños.

Recuerdo que Pedro y yo nos levantamos para cantarle el cumpleaños feliz. La casa estaba en silencio, el suelo frío. Papá llevaba días fuera, trabajando. No lo esperábamos. Yo sabía que mi madre era infeliz por ello. La víspera por la noche arreglaba un vestido de coctel. Era del color del champán, de encaje y gasa, demasiado largo para la propietaria que pidió a mamá que lo acortara. Nunca antes había visto a mi madre hacer algo semejante. Se despojó de su bata, las piernas desnudas, blancas y firmes, se deslizaron dentro del vestido ajeno. Me pidió que le subiera la cremallera. Mientras se miraba en el espejo, se alzó de puntillas sobre unos zapatos de tacón imaginarios. Se soltó el pelo, no sabía que lo tenía tan largo. Le caía en ondas más allá de los hombros, me pareció que se daba un aire a las actrices de época. Era muy bonita. Puedo bucear en mis recuerdos y esa es la única imagen nítida que tengo de ella.

—¿Sabes de quién es este vestido, Laura?

—No, mamá. ¿De quién es?

—De una mujer que tiene una vida propia —dijo. Me pareció que su respiración se entrecortaba—. Quiero que recuerdes lo importante que es que tengas una vida propia. Prométeme que estudiarás una carrera en la universidad. No dejes nunca que la tierra te atrape. No te quedes esperando a que un hombre regrese.

—Claro, mamá. ¿Por qué me dices eso?

—Tú, prométemelo. —Se bajó de sus tacones imaginarios y me abrazó. Nunca antes me había abrazado así, me hacía daño, me dejaba sin aliento, como una boa constrictor con su presa.

—Te lo prometo, mamá.

Entonces yo admiraba a mi madre y me avergonzaba de ella a partes iguales. Creo que a Pedro le sucedía lo mismo. Ella nunca nos llevó al colegio. Jamás, que yo recuerde, iba al supermercado, mucho menos a la iglesia los domingos. Le disgustaba enormemente ser una vulgar ama de casa, una costurera. Lo común la horrorizaba y se alejaba de ello, como si al quedarse en casa marcara una distancia. En su favor debo decir que mi hermano y yo recibíamos el mismo trato: a los dos nos exigía iguales resultados en la escuela, los dos poníamos y quitábamos la mesa, sacábamos la basura a turnos y nos hacíamos cargo de la limpieza de nuestras habitaciones. Incluso yo empecé a salir mucho antes que Pedro. Con Javier. Qué tontería, siempre había estado saliendo desde casa con Javier. Él y su familia habitaban la casa encalada de la acera de enfrente.

Mi madre nunca nos contó un cuento, pero nos leía en voz alta el periódico, decía que era bueno que estuviéramos enterados de lo que sucedía fuera. Le gustaban la política y la historia. Era socialista y, aunque ella no lo supiera, también feminista. Unas veces, era una mujer profundamente triste, otras, extremadamente alegre. Capaz de ovillarse como un felino a la sombra del bajo de un coche; capaz de pintar nuestra casa en un día, llenarla de flores o hacer una compra desorbitada, como cuando compró una librería de segunda mano a la viuda de un escritor de Tomelloso para que Pedro leyera lo que quisiera durante su convalecencia. Había días, semanas, buenos meses de tránsito en los que la tristeza y la alegría se daban una tregua, la dejaban a ella en medio, en un equilibrio frágil.

—¿Qué pasó esa mañana, Laura? ¿Qué pasó en su cumpleaños?

—Consiguió lo que anhelaba.

—¿Qué era? —Jorge descruzó las piernas y se acercó un poco más a mí, como si temiera perder mis respuestas.

—Quería lo de siempre. Lo único. Que mi padre regresara.

—¿Y lo hizo?

—Sí. —Los ojos se me inundaron, miré mi reloj. Faltaban diez minutos para acabar la sesión. Habían pasado casi cinco meses desde la muerte de Mario, muchos años de aquel incidente. Nunca se lo conté a mi marido y ahora iba a detallárselo al loquero en diez minutos. Y encima iba a pagarle.

Fuera se oía el trino de los pájaros, la suave luz del sol se había colado ya en nuestra casa. Atravesamos la cocina de puntillas, las sorpresas no quieren ruidos al principio, aunque luego pidan alboroto. De un rápido vistazo me fijé en la mesa de la cocina, mi madre nos había dejado preparado el desayuno: fruta, galletas maría, mermelada y una jarra con leche. El vestido de cóctel seguía allí, sobre la máquina de la costura. Me adelanté a Pedro («Espera, déjame, yo primera»). Debajo de mi camisón, se coló un inexplicable escalofrío. Mi hermano empezó a cantar: «Cumpleaños feliz, cumpleaños feliz…». La puerta de su habitación estaba cerrada, las persianas totalmente echadas, un olor desagradable y desconocido se reía de nosotros. Tiré con fuerza de la correa de la persiana, sabía que se atrancaba en un punto y dejaba que la luz entrara hasta medio camino. Me quedé inmóvil a los pies de su cama. Ella no se despertaba, Pedro la zarandeaba. Suave primero, con desesperación después. Sus ojos estaban cerrados con una hilera de legañas y costras en los párpados, en las pestañas, como si toda la noche hubieran estado llorando desechos. Tenía la boca abierta, seca, el aliento raquítico, exiguo. Amargo. Estaba arropada, solo los brazos delgados asomaban por encima de la colcha de hilo blanco. En sus manos, el crucifijo de madera que había llevado mi hermano en su comunión. Yo tenía 14 años; mi hermano, 15. Le grité: «Llama a casa de Javi, que avisen a una ambulancia, diles que no tiene conocimiento, ¡corre!». Yo también fui todo lo rápida que pude: como quiera que me las arreglase, coloqué a mi madre su bata de algodón, se la anudé sobre el cuerpo desnudo, saqué de la mesilla de noche la botella de ginebra y me deshice de un blíster vacío de pastillas. En ese momento no sabía que los médicos me harían volver para recuperarlo. Era importante saber con qué medicación se había intentado quitar la vida mi madre.

—Bien, Laura, bien. ¿Quieres parar? ¿Quieres agua?

—No, gracias —le digo a mi loquero levantándome del sillón mullido y mirando mi reloj—. Supongo que hemos terminado, que era aquí donde querías llegar.

—No lo creo. Has dicho que esa fue la primera vez.

—¡Joder, Jorge! Se intentó suicidar. Lo hizo dos veces más, pero tampoco a la tercera fue la vencida. Me abandonó, ella sí que lo hizo. No murió, se fue. Y ahora quiero irme. Es más —le digo sorprendiéndome de mi propia iniciativa—, eso es lo que voy a hacer, voy a coger a mis hijos y saldremos de Madrid, dentro de unos días, tan pronto como acabe el colegio.

—Puede ser una buena idea, Laura, pero no hemos acabado, diría que solo estás empezando. A la vuelta llámame y concretamos cita. Dime, ¿tienes pensado adónde ir?

—Sí. A Brétema.

Capítulo 6
Amanda

Podíamos haber tomado un avión, pero mamá decidió que haríamos el viaje en coche, sin prisas, parándonos cuando nos apeteciera estirar las piernas. Una decisión sorprendente, teniendo en cuenta que no había vuelto a conducir desde el accidente de papá. En el maletero, equipaje para un mes. Julio. El abuelo se quedaba al frente de la farmacia, tal y como había venido haciendo todo este tiempo. Yo había estado contando los días para que acabara el colegio. Mis notas no fueron las habituales, pero había logrado aprobar todas las asignaturas. Quería largarme, me daba igual dónde, mejor si era un pueblo perdido, con gente desconocida. Alguien que no se asombrara por los centímetros que había crecido, menos por los kilos que había bajado. Podría tumbarme en la playa, leer un libro, pasear y hacer fotografías. Mamá me había regalado una cámara de fotos, una Nikon D5200, por mi decimoquinto cumpleaños, ese que me negué a celebrar aludiendo que caía en martes y que al día siguiente tenía un par de exámenes importantes. Quería que pasara rápido ese día que tantas veces había soñado. En mi diario tenía escrito: «Cuando cumpla 15». Y una larga lista de las cosas que sucederían ese año, subrayadas las más deseadas.

Un viaje a Nueva York (promesa de papá).
Pablo me habrá dado un beso. Mi primer beso.
Renovaría todo mi armario.
Tendría una cámara de fotos profesional (regalo prometido por mamá).
La mejor fiesta de cumpleaños de todo mi curso.
Adiós acné.
Hola curvas.

El estómago me seguía doliendo. El desayuno era lo que peor me sentaba. Había pasado de tomar leche sin lactosa a dejar la leche y tomar solo zumos, pero ni por esas. Mamá me había paseado por el Hospital del Niño Jesús y por las consultas privadas de varios especialistas. Pobre mamá, empeñada en avanzar, tirando de mí y de Mateo, como cuando éramos pequeños y nos paseaba de la mano, solo que ahora casi tenía que arrastrarnos; Mateo llevaba su ritmo y yo parecía haber desaprendido a caminar. Al cumplir los 15, dejé a los pediatras y me asignaron a su médico de cabecera. No me hizo pruebas, lo tuvo claro. Dijo que lo mío se pasaría solo, que dejáramos de prestarle atención. Se trataba de un duelo físico: «Vomita su angustia, nada más». Quizá ese doctor narizón, de bigote oscuro y sesentón, no sea consciente de que su prescripción médica iba a cambiar el curso de nuestras vidas. Lo tuvo claro: «Solo necesita un poco más de tiempo y un buen cambio de aires».

Anoté en mi diario: «Cambio de aires», escrito debajo de «Primer beso».

Menudo asco de primer beso. Enrollarse está sobrevalorado. No fue como en las series de televisión. No estuvo cerca de como yo lo había imaginado. El mismo día de mi cumpleaños, Pablo me agarró de la mano y me llevó a los lavabos del gimnasio, a la hora del patio. El baño apestaba. Abrimos dos puertas antes de meternos en el tercero que estaba más limpio. Pablo Cruz está en mi curso, aunque no en mi clase. Es un año mayor que yo, porque repitió primero de la ESO, un chico listo, un vago, motivo de los suspiros de mis compañeras, un líder para mis compañeros y, a partir de ese día, alguien a quien quiero desactivar. Aunque me va a costar un tiempo; es como las redes sociales, tan fáciles de entrar en ellas, casi imposible dejarlas. Rocío se lo dijo, ¿quién si no? Ella era la única que sabía de mi lista de deseos, la hicimos juntas, mucho tiempo antes. Antes de todo. Tampoco ahora hablo mucho con ella. Hablo poco con todos.

Dijo: «Deseo concedido, Amanda Carson». Cuando quise enterarme, ya tenía su lengua moviéndose furiosa dentro de la boca, una mano apretándome un pecho y la otra debajo de mi falda, estrujándome el culo. Dios, qué era eso, ¿así era?, ¿de verdad? Me aparté de él con un empujón tan fuerte que lo dejé sentado en la tapa del váter. Sus palabras exactas fueron: «Estás tonta, tía, ¿qué pasa?, ¿no te gusta? ¡Eres una estrecha! o tan imbécil como tu hermano». Me quedé lo que restaba del patio dentro del baño, las lágrimas me rodaban despacio por la cara. Me dio tiempo a repasar todas las barbaridades que había en la puerta, algunas escritas a rotu, fácilmente borrables con algún producto especial, otras grabadas con un cúter o con las tijeras, tal vez con una llave: «María se la come a Luis», «La sapo (profe de mates) es lesbiana, zorra, puta», «Aúpa Atleti», «Catalanes a la mierda» y un largo catálogo de memeces.

No celebré fiesta de cumpleaños. Las curvas no se han asomado por mi cuerpo y el acné solo se ha trasladado de mi rostro a la parte superior de mi espalda. He decidido que jamás voy a ir a Nueva York. Accedí a comprarme unos tejanos nuevos y una docena de camisetas, además de un bikini, porque toda mi ropa del verano pasado se había quedado pequeña. La metimos en unas bolsas y la llevamos a un contenedor de ropa usada que hay cerca de casa. Mi madre no guarda nada, solo los dibujos de Mateo y las tarjetas que yo escribía para el Día de la Madre, para el Día del Padre. Nada más. Según mi madre todo lo que de verdad importa es «inguardable», no cabe en ningún sitio que no sea el corazón. Por eso la abuela Gloria se ha llevado la ropa de mi padre, para que no la dé.

Mi hermano lleva bien viajar en coche. Sentado atrás, erguido, con el cinturón abrochado, le gusta mirar por la ventanilla, ver como los paisajes se mueven hacia atrás mientras avanzamos. El viaje es largo, de unas seis horas, vamos parando más de lo que a mí me gustaría, porque mi hermano necesita ir al baño y mamá necesita más cafés que un médico de guardia. Mateo está mejor. Él si ha mantenido sus notas, unas calificaciones excelentes, especialmente en Matemáticas y Biología, aprobado justo en Educación Física. Se colapsó un tiempo después de lo de papá, alteró su sueño y estaba irascible. Nuestro padre había salido y no había vuelto, eso era difícil de asimilar para cualquiera, más aún para él. Mamá lleva conectado el Spotify con la *playlist* de Mateo: The Royal Philharmonic Orchestra and The Symphonic Beatles. Me gusta, si no fuera porque cuando parece acabar él repite: «Otra vez».

—Amanda —dice mamá, rígida al volante, mientras se sitúa en el carril izquierdo para adelantar a dos camiones—, coge mi teléfono y llama al hotel. Vamos a llegar un poco más tarde de lo previsto. No antes de las diez de la noche.

—Hotel Macaracuay. ¿Es este? —pregunto deslizando mi dedo por la pantalla del móvil—. ¿Qué clase de hotel se llama Macaracuay?

—Uno de origen venezolano —contesta mi madre, apretando el acelerador para superar al segundo camión. La tarde se nos está echando encima y una fina lluvia empieza a querer acompañarnos lo que nos queda de viaje. Atrás, mi hermano se ha quedado dormido, en mala posición, con la cabeza ladeada y apoyada en la ventanilla—. Que te digan si estará abierto el comedor, para cenar algo.

Al otro lado del teléfono me contesta una voz femenina, acentuada: «Sí, reserva para la Sra. Carson... No hay problema, manejen con cuidado». Cada kilómetro que nos alejamos de Madrid me siento un poco mejor, como un cable mal enrollado al que le van quitando nudos. Desenfundo mi cámara de fotos nueva y la trasteo a la par que ojeo el manual de instrucciones. La pongo en automático y me giro para sacar la primera foto de nuestro verano. Nuestras primeras vacaciones de tres. La compruebo en el visor: es el rostro enfocado al máximo de mi hermano. Es bello. Su pelo se dorará más a medida que avance la temporada estival, aunque sus cejas siempre permanecen oscuras, con los párpados cerrados pareciera que se le hubieran multiplicado las pestañas, largas, apretadas, como dos diminutos abanicos desplegados. Se me escapa una ligera sonrisa al comprobar que, sobre el labio, ya se aprecia un ligero vello. Parte del viaje se lo ha pasado hablándonos sobre el bosque de Hambach, leyendo artículos de prensa en su tableta. Que ojalá pudiera ir él, construirse otra casita de madera encima de uno de esos árboles que quieren talar, «la más alta está a veinticinco metros del suelo». En Alemania, no tenía ni idea, en uno de los bosques más antiguos de Europa, que se acabarán cargando para ensanchar una mina de carbón.

—Es igual que mi hermano —dice mi madre.

—¿Qué? —pregunto de inmediato, sorprendida, no porque no la haya oído, he oído perfectamente lo que ha dicho. Es solo que ella nunca habla de su familia. Cuando le preguntaba, me respondía que lo haría cuando estuviera preparada, sin entender yo quién de las dos debía estarlo: preparada. Lo poco que yo sabía se lo había oído a la abuela Gloria y a Julita. Por ellas descubrí que mi madre tuvo un hermano, Pedro, «un artista, un bohemio», que murió en Portugal, que poco después lo hizo mi abuelo, mi otro abuelo, y que allí, en Portugal, creían que podía estar mi abuela, mi otra abuela.

—Físicamente, sí, son iguales. Aunque creo que tú también tienes mucho de él, ¿sabes? —Su voz se me antoja un regalo, una concesión, y no quiero interrumpirla, no quiero que crea que no estamos preparadas—. Mi hermano Pedro era muy sensible... —y continúa.

La carretera es larga, no me importa. Mateo duerme. Bajo el volumen de la música, de la guantera saco una bolsa de caramelos de nata y café que hemos comprado en la gasolinera, le ofrezco uno a mi madre, yo me como otro. Lo estamos. Preparadas es sinónimo de capaces, listas, aptas. Advertidas

Capítulo 7
Laura

Cuando éramos pequeños, mi hermano Pedro siempre estaba enfermo. Pasaba más tiempo en casa que en el colegio. Una escarlatina a los 9 años, que me mantuvo a mí interna un mes en el colegio de las monjas, era el origen de sus leves neumonías, de sus frecuentes otitis. Mi madre siempre se dirigía a mí, que nací dos años después, y me decía: «Tu hermano mayor vino a este mundo antes de tiempo, siempre será más pequeño que tú». Encamado, leía tanto que su fragilidad externa se convirtió en una envoltura que protegía una sólida y robusta personalidad. Con la llegada de la pubertad sus males se esfumaron, o su cuerpo se acostumbró a ellos. Mi padre sentía verdadera devoción por él, sin que ello interfiriera en el amor que a mí me regalaba en las raras ocasiones en las que su estancia se prolongaba en casa. Pedro era tierno, culto, sensible, de un humor entrañable. Era único e irrepetible. Lo sabíamos todos. El instituto lo decepcionó pronto. Le fastidiaban los métodos repetitivos de aprendizaje, decía que él no servía para tragar y vomitar. Quería respuestas, tenía más preguntas de las que sabían contestarle. Mientras yo me dejaba los codos en la mesa de la cocina, decidida como estaba a estudiar Medicina en un futuro, él rasgueaba su guitarra, componía melodías, escribía y leía filosofía. Alto, delgado, muy rubio, con los ojos del color del humo negro, las chicas picaban por él al portón de casa. Él las amó a todas. Que yo sepa, no quiso a ninguna. Con 16 años empezó a trabajar los fines de semana, con el fotógrafo del pueblo. Mi madre le decía que había cambiado nuestra casa por un cuartucho rojo, sin ventilación, que eso acabaría con él. Y llevaría razón sin saberlo entonces. Se enamoró de la fotografía. Perdidamente. Decía que era como haber estado ciego y despertar para mirarlo todo de nuevo. Vendió todos sus libros para hacerse con cuatro o cinco manuales de fotografía y una cámara de segunda mano. En ocasiones, se iba con mi padre durante semanas en busca de paisajes que encuadrar. Nunca los acompañé, pero puedo imaginarlos acampados en algún idílico lugar, en las lagunas de Ruidera, en Despeñaperros, o más al sur, en Doñana. Mi padre con sus prismáticos, mi hermano con su cámara. Al regresar, revelaba fotos fascinantes de aves que alzaban el vuelo, o de ciervos que parecían atravesar la cámara con sus ojos redondos, grandes, tristes. Bebía del profundo conocimiento que nuestro padre atesoraba del mundo animal y era capaz de fotografiar los comportamientos más impredecibles, con aparente naturalidad. Otras veces, no traía nada, eran las más, justo cuando decía que había presenciado el amanecer más bello, el salto de agua más increíble. Sencillamente, decía: «Era demasiado hermoso, a mí me lo parecía, la cámara no puede captar siempre lo que se ve con el corazón». Abandonó el instituto y se consagró a la fotografía. Recorría las calles de Valdepeñas de la mañana a la noche, con su cámara en la mano, como un apéndice de su brazo. Hasta que un día dijo: «Me tengo que ir, voy a buscar todos los amaneceres posibles». No he olvidado sus palabras. Ese día mamá se tomó un par de tragos de la botella de lejía. Pero eso no voy a contárselo todavía a mi hija, no sin antes explicárselo a mi joven loquero.

—Y adónde fue, mamá —pregunta Amanda.
—Al sur de Portugal, cariño —le digo—. Mira, 6 kilómetros a Brétema. Despierta, Mateo, mi amor. Estamos llegando.
—Mamá —dice mi hija.
—Dime.
—Me gusta que me hables de eso, de tu hermano, de tus padres, de ti cuando eras como yo… A la derecha, mamá, ¡a la derecha!
Hemos llegado.
Hotel Macaracuay. «Bienvenido, quédate el tiempo que necesites». Curiosa placa de madera para la puerta de bienvenida. Tengo las piernas agarrotadas de conducir, mi estómago ha empezado a rugir, parece que está incubando a un leoncito enjaulado. Los niños descargan su propio equipaje. El viaje ha sido largo, pero lo han sobrellevado estupendamente. Ellos también miran la placa de la puerta, iluminada por una lámpara de esas que enfocan cuadros. Me pregunto cuánto tiempo necesitaremos cada uno de nosotros para sobrellevar tu ausencia. Siento cómo las lágrimas me suben desde el estómago hasta el cuello, anudándome la garganta. De ahí no pasan, no quieren salir. Maldita sea, Mario, mi vida. ¿Cuánto tiempo se necesita para no olvidarte, para recordarte sin que duela?

Estaciono en un terreno contiguo habilitado por el hotel como aparcamiento, en la única plaza que resta y entiendo que es para mí. Es una noche clara del norte, fresca, que nos despierta nada más bajar del coche con su banda sonora de grillos y otros insectos cantando. El aire huele a mar cercano, a hierbas; se deja respirar profundo. Mis hijos también abren sus pulmones y, mientras nos veo a los tres arrastrando nuestro propio equipaje, pienso que hemos llegado no a nuestro destino sino a nuestro punto de partida.

Aunque lo apreciaremos mejor por la mañana, el pequeño Hotel Macaracuay es una casa de piedra reformada. Recuerdo cómo lo había descrito Mario al teléfono: «Una casa de campo que mantiene el tipo exterior, con esas grandes piedras que rodean las ventanas». Atravesamos un pequeño patio delantero, bien iluminado con ristras de bombillas, guirnaldas de luz cálida que dejan ver la parra virgen, las lavandas, enormes hortensias y geranios rojos en tiestos de barro. Hay bancos de madera y piedra, y un par de mesas de melanina con sus sillas plegables donde debe ser muy agradable desayunar. Hay una pareja sentada tomando una copa que nos da las buenas noches, y un joven tumbado en uno de los bancos, como contando estrellas, que lleva unos cascos puestos e ignora que acabamos de llegar.

En el interior, la recepción es igual de coqueta y confortable. Hay un sofá antiguo tapizado con lindas telas en tonos tierra, con mullidos cojines escogidos en colores rojo coral, listados a cuadros, igualmente entelados los butacones a uno y otro lado de la estancia. Aquí y allá, alegres lámparas de pie y mesa centran espacios de luz a los que quieres acercarte de inmediato para disfrutar de una lectura relajada: hay estantes repletos de libros. En cada rincón, recipientes de todos los tamaños con arreglos florales que inundan la estancia de color y frescor. Sobre las paredes de piedra, acuarelas hermosas y enmarcados dibujos a carboncillo, todos ellos firmados con letra inclinada y trazo impetuoso con el nombre de María Cristina. En el hueco de la chimenea, en descanso estival, grandes velones blancos se han encendido y en cada esquina posible de la estancia está la vida dando la bienvenida en forma de plantas naturales. Mateo identifica una de ellas como «un Ficus lyrata», una majestuosa planta de hojas grandes, tersas y verdes, ubicada al fondo frente a una puerta trasera de cristal. En la esquina, sobre un mueble de caoba tallado a mano, reposan la prensa del día y varias revistas. De techo alto, una lámpara de forja antigua acaba de iluminar la estancia. Otro mueble de herencia hace las veces de mostrador: hay tarjetas con el nombre, la web y el teléfono del hotel, una vieja campanita de bronce, una lámpara con pantalla entelada en verde, ribeteada con flecos y una foto pequeña en blanco y negro con marco de plata con dos ancianos sentados en un banco de piedra. Hay un portátil Mac abierto, un teléfono fijo y un libro cerrado forrado en piel en cuya portada se lee grabado: «Cuaderno del Anfitrión». El corazón me pellizca, me pregunto si, en el breve tiempo que estuvo aquí, Mario dejó escrito algo en ese libro. Quise abrirlo de inmediato cuando apareció ella detrás de mi familia.

—Llegaron. Creí que podían haberse perdido —dice apretando mi brazo con su mano—. Chicos —mira a mis niños—, ustedes deben de estar hambrientos. Vengan, por favor, dejen aquí sus maletas. Mi sobrino los ayudará después con el equipaje. Ahora habrá que cenar algo.

Así conocemos a María Cristina, propietaria del Macaracuay, que nos recibe con una sonrisa abierta a la par que sus brazos, saliendo del salón comedor que comunica con la entrada, a nuestro encuentro, como si estuviera esperando la llegada de unos queridos y lejanos parientes en vez de a nuevos huéspedes rezagados. Percibo el ligero paso atrás que da Mateo, temeroso de la familiaridad y espontaneidad de esa bonita mujer. Porque es bonita, guapa y muy alta, merecedora de la fama que acompaña a las mujeres venezolanas. Al igual que yo, Amanda se ha contagiado de su sonrisa, como si un pincel de luz le hubiera pintado el rostro. Hay personas así, que destellan.

—Es usted muy amable —le contesto—. ¿De verdad no es problema? Un sándwich será suficiente. No nos hemos perdido, hemos hecho un gran viaje, pero me temo que parando más de lo conveniente.

—Querida, nunca es más de lo conveniente en carretera, solo lo necesario. Por favor —insiste con voz clara y melosa—, pasen al comedor, les tengo un pan de jamón a punto de salir del horno.

El hambre pudo más que las manías de Mateo con la comida y su hermana y yo disfrutamos de esa sencilla *delicatessen*: un pan relleno de jamón cocido, pasas y aceitunas que degustamos en el pequeño comedor del hotel, casi preparado para el desayuno de la mañana. Cuento ocho mesas vestidas con manteles de lino en color crudo; sobre cada una hay tarritos de vidrio embellecidos con tela de saco e hilo trenzado marrón que acogen margaritas blancas cortadas hace poco.

—Delicioso, de verdad —agradezco.

—Me alegro mucho. Ahora mejor suban a descansar y ya mañana les explico todo lo que pueden hacer por aquí. Brétema es un pueblo pequeño, pero con mucha magia, ¡y los alrededores son una maravilla! Les he instalado en la habitación familiar, planta de arriba. Mi sobrino, Axel, ya ha subido sus maletas. Oh, discúlpenme, no he dejado de parlotear y no me he presentado. Soy María Cristina, pero todos me llaman Cristy. Este es un hotel pequeñito, donde me gustaría que se sintieran como en su propia casa.

Cristy. María Cristina, no debería ser mucho mayor que yo. Me pide que la tutee, que ella se dirija a nosotros indistintamente de usted es por el habla popular de Venezuela. Puede que su belleza estuviera dentro de los cánones en su país, rico proveedor de mises y petróleo, pero a mí me resultaba fuera de lo común: su melena castaña y larga llega suelta hasta la cintura en ondas marcadas, no lleva maquillaje, pero sí un ligero brillo en los labios que, cerrados, forman casi un perfecto corazón. Pensé que sería casual, pero iba a verla casi siempre ataviada con esos vestidos camiseros que se anudan a la cintura y tienen bolsillos anchos. Alta, pero nada delgada, camina segura de su curvilínea figura. Me fijo en sus zuecos y en el pequeño tatuaje en su tobillo izquierdo: un caballito de mar. Me quedo mirándolo mientras subimos las escaleras voladas que conducen a la planta superior. La madera de cada peldaño nos lleva a nuestra habitación, sin número, la segunda en el pasillo izquierdo.

He aquí algunas de las singularidades del Hotel Macaracuay que nos había detallado Cristy, agarrada a la barandilla de vidrio. Subiendo, su contrahuella y las nuestras quedaban al aire: «La cocina siempre está abierta. El cliente es libre de bajar a la hora que guste y prepararse lo que le apetezca, siempre y cuando lo deje todo recogido. Los huevos, frutas, verduras y hortalizas son de la casa. Pueden salir al huerto trasero, recoger unos tomates y elaborar su propia ensalada. En el Macaracuay solo se prepara y sirve el desayuno. Si están en el hotel para las comidas o cenas, pueden adaptarse a los menús caseros o abrir la despensa y encender los fogones. Siéntanse libres de tocar los instrumentos que hay en el hotel: guitarra acústica, piano de pared, armónica, timbales y maracas. Si cogen uno de los libros que hay en los estantes de recepción, devuélvanlo cuando terminen su lectura. Las plantas no se me dan bien, aunque sea difícil creerlo, porque están hermosas; agradezco que las rieguen si aprecian que lo necesitan. Perseo entra y sale libremente del hotel, porque es su casa, pero nunca accederá a sus habitaciones. Come solo pienso y le encanta ir de paseo. Hoy mismo lleva todo el día de excursión. Pueden llevarlo con ustedes, pero dejen una nota en la pizarra que hay en la cocina; al lado está colgada su correa. Con frecuencia llueve, disponemos de juegos de mesa: parchís, oca, baraja española, Trivial, Dixit y Carcassone. Hay bicicletas en la caseta del jardín. Cualquier día de la semana es bueno para improvisar una barbacoa en el porche. Siempre estoy disponible para una buena conversación. El Macaracuay es un hotel ecológico; las habitaciones se repasan todos los días, pero agradecemos su respeto por el medio ambiente y solo cambiaremos sus toallas cuando ustedes nos lo indiquen. Seguro que se me olvida algo. Siempre me sucede, pero lo recordaré mañana».

Nuestra habitación es amplia, cuidadosamente decorada sin excesos; mantiene en dos de sus paredes los muros de piedra que se han limpiado, al igual, supongo, que las impresionantes vigas de madera del techo. La estancia conserva el encanto de un ayer con la funcionalidad de hoy. Ahora sí me siento como si una apisonadora hubiera recorrido mi cuerpo, aunque dudo que pueda conciliar un sueño rápido. Dejo la cama doble para Amanda y escojo la pequeña junto a Mateo. Les digo que mañana exploraremos qué ver. Mateo lo tiene clarísimo, la plaza del Magnolio será nuestro punto de partida. El sueño vence a mis hijos, pero yo debo darme una ducha si quiero descansar bien. Cierro la puerta del baño y abro el agua caliente. Sentada sobre la tapa bajada del retrete, no dejo de pensar en el «Cuaderno del Anfitrión» hasta que el cristal de la mampara se empaña. Decido que, después de la ducha, bajaré a prepararme una infusión. Quiero saber si él dejó algún mensaje escrito. Sé que lo hizo.

En efecto, la planta de abajo permanece tenuemente iluminada. Será verdad que la casa no duerme nunca, solo reposa.

—¿No puedes dormir o eres otra lechuza como yo?

Esta fue la primera pregunta que me hizo Cristy mientras sostenía un tazón de humeante leche chocolateada, seguida por quien identifiqué como Perseo. El animal, de color naranja ruano, tardó apenas unos segundos en saludarme, acercándose para ser acariciado y obsequiarme con unos cuantos lametazos. Era un Cocker Spaniel inglés, de 6 años, me informó su dueña.

—Oh, Perseo, ven aquí, chico empalagoso —le apremia Cristy.

—Es precioso —le digo—, no me importa, de veras. Amanda y Mateo van a estar encantados con él. Siempre han querido tener un perro, pero vivimos en un piso, en el centro de Madrid y con el trabajo... He bajado a prepararme una infusión, como me dijiste que no había hora...

—¡Claro!, vamos a la cocina, te acompañamos. Tenemos té de todas las clases y procedencias —dice.

—¿Menta poleo? —pregunto.
—También tenemos.
—Y el libro —me escucho pedir—. He bajado también a ver el libro
—¿Qué libro quieres?
—El Cuaderno del Anfitrión.

María Cristina no da crédito cuando le cuento que mi marido se hospedó en el Macaracuay a principios del año. Lo recordaba perfectamente, «porque no hay muchos huéspedes después de Navidad, es temporada baja, unos días más tarde el hotel cierra por vacaciones». Se llevó las manos con manicura en esmalte cerezo a la boca corazón y sus ojos de ámbar claro no pestañearon por unos segundos, después se recogió la melena suelta en una coleta baja, como si así pudiera pensar con más claridad. Con los días me daría cuenta de que ese era un gesto habitual en ella. Perseo, que se había acomodado hecho un ovillo a mis pies, pareció percibir la sorpresa de su ama y aulló un quejido ahogado.

—Por supuesto que me acuerdo, querida, el farmacéutico de Madrid que vino a interesarse por la botica de Brétema. Un hombre encantador. Oh, Dios mío, cuantísimo lo siento, le dijimos que no saliera temprano. Se anunciaban importantes bancos de niebla y en la emisora habían desaconsejado viajar si no era inevitable. Amelia y Suso también se lo advirtieron.

—No te preocupes —trato de que mi serenidad la ayude a recomponerse—, el accidente no ocurrió aquí sino llegando a Madrid, estaba a 30 kilómetros de casa cuando sucedió. ¿Amelia y Suso eran huéspedes?

No sé por qué, de pronto, tengo la necesidad de saber cómo fueron sus últimas horas. Quiero saber si hacía mucho frío, si la chimenea de la casa estaba encendida, si se duchó antes de bajar a cenar; quiero saber qué cenó, me pregunto si también Perseo se echó a sus pies, de qué conversó y quiénes eran esos desconocidos que presagiaban sin saberlo su infortunio. María Cristina me muestra el cuaderno. Reconozco la letra de Mario, unida y pequeña, escribía con tanta suavidad que parecía temer que la pluma hiciera daño al papel: «Lo que quisiera es regresarte. Gracias, Cristy, por tu hospitalidad».

—Suso es el alcalde de Brétema. Además, es jardinero paisajista, él diseñó la remodelación de los patios del Macaracuay. Viene con frecuencia. También Amelia, que es muy buena amiga mía. Cenamos juntos esa noche. Tu marido era el único huésped y se unió a nosotros. Fue una velada muy agradable, bebimos el vino que trajo Amelia de su bodega. Por supuesto, él no, que debía conducir. Charlamos, ya lo creo. Nos comentó su interés por la farmacia del pueblo. Le pareció que vivíamos en el paraíso, hablamos de las bondades de vivir lejos de la gran ciudad. Habló de vosotros, de su familia... Oh, sí —se sonríe—, debatimos largo tiempo sobre lo que suponían los hijos en la vida. Ellos tres lo hicieron, porque yo no tengo hijos. Tu niño, tu lindo niño, tiene Asperger, ¿cierto? —acaba de acordarse—. Hablaba maravillas de él, que le gustan mucho los árboles, que es inteligente, creativo, que le fascinaría el magnolio del pueblo y que solo por eso prometía volver. Le di el teléfono de mi hermano en Madrid. A Rubén le diagnosticaron de Asperger bien mayor, cuando ya era un magnífico ingeniero industrial. Se mostró muy agradecido, dijo que lo llamaría sin falta, que tú también querrías conocerlo. Comentó lo preocupada que estabas tú por vuestro niño, aunque él creía que mucho más sensible y especial era vuestra hija. ¿Cómo se llama?

—Amanda —digo con el corazón inundado—. Se llama Amanda, él le puso su nombre. Mateo es el pequeño.

—Lo siento, lo siento mucho. ¿Cómo están?

Le digo lo que pienso, que cada día estamos un poco mejor. Que tratamos de reponernos. Que estamos aprendiendo a ser cada uno de nosotros sin él, que en eso mis hijos están en desventaja porque ellos siempre han sido «con él». Aunque, esto lo pienso de vuelta a mi habitación, yo había sido mejor a partir de él. Y le doy las buenas noches.

Capítulo 8
Amanda

No dormía tan bien desde aquel viaje que hicimos a Eurodisney, cuando tenía 9 años y Mateo acababa de cumplir los 7. Nos hospedamos en el hotel de los indios, el Sioux, el de las cabañas de madera con camas *king size*. Mi padre nos levantaba muy temprano y disfrutábamos de un generoso desayuno antes de embarcarnos en un día lleno de aventuras, subidos a todas y cada una de las atracciones. Al caer la noche, ya cenados, después del desfile de princesas de cuento, me sentía tan feliz, tan exhausta, que la cama que compartía con mi hermano se había quedado en mi recuerdo como mi favorita, más que la mía propia. Caigo en la cuenta de que he traído a mi memoria un bonito recuerdo de papá y me esfuerzo en disiparlo.

Llueve en nuestra primera mañana en Brétema. Casi todas las mesas del comedor tienen ocupantes. El Macaracuay está a pleno rendimiento. La pareja que ayer tomaba unas copas en el patio nos da los buenos días. Nos sentamos al lado de una familia completa de cuatro: padre, madre y dos niños pequeños que sumergen galletas y dedos en sus cuencos de leche. Frente a nosotros, desayuna un trío de amigos que habla de los kilómetros que van a hacer con su bici. El *office* del desayuno es tan completo que uno entiende que no se preparen comidas ni cenas en el hotel: hay zumos de naranja, pera y melocotón, leche caliente, fría, café, cereales, mermeladas, fruta, bollería casera; están todos los panes posibles: pan de centeno, de millo, pan integral, pan negro y pan blanco; hay tortilla de patatas que huele a recién hecha, jamón cocido y jamón ibérico. Hay tantos quesos como panes: de cabra, fresco, curado de vaca, de tetilla... Mamá se pasea por todo el bufet junto a Mateo, los dos con su plato en la mano. Rezo para que tengan los cereales que habitualmente consume mi hermano. Descanso cuando lo observo feliz, rellenando su bol. Lleva la tableta debajo del brazo. Recibe mensajes de una plataforma ecologista a la que se ha unido con las novedades de Hambach. Yo me sirvo un poco de zumo de naranja y me siento a la mesa a esperarlos. Anudo la tira de mi bikini, que se ha aflojado a la altura del cuello, miro por la ventana concentrada en el ritmo de la lluvia cuando alcanza a la flor del geranio. Pienso: «Sobrevivirá». Me da igual que el sol se resista a saludarme hoy, desde mi ubicación; el lugar me parece encantador: la casita de piedra está rodeada de hortensias azules por uno de sus flancos y, por el otro, se abre camino, entre frutales, al pueblo de Brétema.

—No te preocupes, abrirá sobre las doce del mediodía. Hoy va a hacer un día fantástico para ir a la playa. ¿Quieres café? ¿Arepas?

El sobrino de la propietaria, el mismo que ayer subió nuestras maletas a la habitación, el mismo que cuando llegamos estaba tumbado contemplando el cielo estrellado. Se presenta: «Axel». Me viene a la cabeza Axl Rose, líder de los Guns N Roses. Papá escuchaba una y otra vez aquella canción: *November Rain*. Decía que, si tuviera que salvar cuatro canciones, esta sería una de ellas. Cuando íbamos en coche, el «qué cuatro cosas salvarías de una catástrofe» era mi juego preferido: qué cuatro canciones, qué cuatro libros, qué cuatro objetos, qué cuatro insectos, qué cuatro mamíferos, qué cuatro utensilios de la cocina, qué cuatro prendas de mi armario, qué cuatro momentos, qué cuatro árboles, qué cuatro flores, qué cuatro deportes, qué cuatro películas, qué cuatro colores, qué cuatro ciudades, qué cuatro frutas, qué cuatro verduras y así hasta el infinito.

Las cuatro últimas canciones que salvó papá:
November Rain, de Guns N Roses.
Nothing else Matters, de Metallica.
Entre dos tierras, de Héroes del Silencio.
(I Can't get No) Satisfaction, de los Rolling.

Todas las canciones variaban cuando jugábamos, dependiendo del día, pero *November Rain* siempre permanecía. Su estribillo me era tan familiar como un rezo diario, una melodía anidada ahora entre mis recuerdos, sonando a su antojo, a cualquier hora.

Nothin' lasts forever
and we both know hearts can change
and it's hard to hold a candle
in the cold November rain

Las cuatro últimas canciones que salvé yo:
Castle on the Hill, de Ed Sheeran.
You don't know you are beautiful, de One Direction.
That's what I like, de Bruno Mars.
Besos en guerra, de Morat.

Zapatillas blancas Converse sin cordones, sin calcetines. Largas piernas bronceadas. De Caracas, ¿16 años? El pelo bien cortado, marrón claro, los ojos abiertos, del mismo color, cálidos como una tarde de otoño. Y enseguida, una cicatriz en el labio superior. Debe de estar acostumbrado a aclarar que es una marca de nacimiento cada vez que se presenta a alguien desconocido. Lo tiene calculado, dice su nombre y en breve llega la pregunta: «Cómo te hiciste eso». No se lo hizo, nació así. Las cosas están muy mal en su país. Lo sé porque me gusta ver el telediario. En Madrid hay montones de ellos. A la farmacia van muchos. Me gusta cómo hablan, como si todo fuera más suave, como si pasaran las palabras por una máquina de algodón de azúcar.

—Gracias, no tomo café —contesto, tratando de no llevar mi mirada a la cicatriz de su labio. Después—: Tampoco sé que son las arepas.

—Eso es casi un pecado —dice—. Enseguida vuelvo y pruebas una.

Dejé mis cascos sobre la mesa y me palmeé las mejillas, levemente encendidas. Luego junté las manos, como si estuviera rezando, y reposé la cabeza en ellas. Un gesto muy mío cuando estoy pensando. Tengo 15 años, mi padre se ha muerto, mi madre trata de mantenernos a flote, rema a mar abierto en una lancha de caucho. Hemos llegado a puerto desconocido. Siempre creí conocer a mi padre mejor que a ella. Al menos mi padre explotaba de vez en cuando, lloraba un río si estaba feliz, era un conversador irremediable, yo sabía la historia de su familia. Nos había contado el origen de todas y cada una de sus cicatrices. Se dejaba lo malo golpeando los platillos. «Todos sacamos nuestros miedos afuera de un modo u otro», solía decir de él mi abuela Gloria. Observo a mi madre en el bufet; ha adelgazado tanto que lleva uno de mis jeans; espera a que su pan se tueste. Ella es como un libro descatalogado, difícil de encontrar; hace que el lector esté deseoso de conocer su historia. Mateo, a su lado. Eso es. Desde siempre yo me emparejé al lado de papá, no fue una alianza buscada. Mi hermano siempre la ha necesitado más. O eso creía yo.

—Aquí tienes —vuelve Axel, sentándose sin más a mi lado, ante la mirada divertida de mi madre, que acaba de incorporarse con mi hermano a la mesa—. No hay nada que las supere, ¡pruébalas! —De inmediato, se dirige sonriendo a mamá y a Mateo—: ustedes, también, ¡vamos!

Eran unos panecillos redondos, doraditos y abombados. Estaban calientes, rellenos de mantequilla y queso. Durante las vacaciones, las habríamos de comer todos los días, porque estaban deliciosas. Quién me iba a decir que mi apetito iba a querer volver por esas tortas hechas con maíz cocido y molido. Una masa que los indígenas molían entre dos piedras lisas y llanas, formando después bolas pequeñas que asaban en un aripo de barro.

—¡Axel, mi amor ¡Veo que ya te has presentado a nuestros nuevos huéspedes! Buenos días a todos, espero que hayan descansado bien. Hola, Mateo. Hola, Amanda. ¿Dormiste bien, Laura?

Cristy se acercó a nuestra mesa atravesando el salón con Perseo a su lado, que, de no haber sido frenado por su dueña, se habría abalanzado sobre el cestillo de arepas. Mi hermano se entusiasmó nada más ver al animal y se ganó su amistad de inmediato, dándole unos trocitos de esos panecillos rubios. Todos los presentes le dieron los buenos días a la guapa casera y su sobrino se levantó para darle un beso en la mejilla. Los dos tenían en común, no sé explicarlo, cierto magnetismo que hace que los de alrededor no podamos ignorar su presencia. ¿O era fortaleza? Un brillo especial en los ojos. El empuje de los que viven en otra frontera, se adaptan a otra cultura, cultivan nuevas amistades y, en definitiva, construyen un nuevo hogar. Los que se reinventan.

—Imagino que tendréis ganas de visitar Brétama —dice Cristy—. Esta noche vamos a tener una barbacoa. ¿Cuento con vosotros?

—Por supuesto —contesta mamá—. Puede ser divertido. —Sonríe a Mateo y a mí me guiña un ojo.

El coche estaba justo de gasolina después del viaje, mamá pisó el acelerador con suavidad, acababa de estrenar sus sandalias con cuña de esparto. Salimos del estacionamiento en dirección al pueblo. La lluvia de la mañana parecía detenerse, el cielo empezaba a abrirse como un bostezo que se traga el gris y el sol quería llegar de un momento a otro, como un tren de cercanías a punto de hacer su entrada. Casi sin darnos cuenta, vimos como Brétema se abalanzaba sobre nosotros. Me sobrecogió su belleza. Abrí mi mochila y saqué mi cámara de fotos, la desenfundé y me la colgué en bandolera. No había querido ver las fotos que papá envió en su día por WhatsApp a mamá, no me había molestado en buscar imágenes en Google. Cuando me enteré de que mi padre había muerto, estrellé mi móvil contra las baldosas de la cocina que, por desgracia, acabó en el cubo lleno de agua de la fregona. El abuelo me compró uno nuevo para regresar al insti y decidí no bajarme ninguna aplicación. Me desconecté porque no quería hablar con nadie. Por eso a veces pienso que mi hermano está seguro ahí dentro. En su bosque interior, nadie puede prender fuego. Entre las cosas que decidí entonces, también están la de leer sin interesarme por la sinopsis de un libro o ver series en Netflix sin tener idea de cuál es su argumento. No dar nada por seguro, porque nada lo es. Y aunque mamá me había hablado de un pueblo a la orilla del mar, con casas coloridas, muy conservadas, de estilo indiano, que eran muchos los que de allí emigraron a las Américas y regresaron con grandes fortunas, no pudo verbalizar el color del mar que las acariciaba, ni el verdor de los montes que, detrás, parecían proteger la pequeña villa. No me había contado que las casitas estaban pintadas como si un niño lo hubiera hecho con sus botes de temperas en cian, en magenta, en amarillo, en verde, en rosa. Las más cercanas a la orilla tenían una escalinata por las que accedían directamente a sus botes o lanchas particulares. Las gaviotas se hacían oír suspendidas en las barcazas. Bajé la ventanilla del coche: el aire estaba repleto de oxígeno, la sal disipaba cualquier otro gas. Inspiré profundamente.

—Anda, ve bajando tú —dice mamá—. Yo voy con Mateo a

poner gasolina al coche. Nos vemos en la plaza en media hora. No te será difícil encontrarla. Bajo el famoso magnolio.

Paseé con mi cámara asida al cuello por la ciudad, en una rápida primera toma de contacto, como cuando miro los libros de texto al inicio de curso. Los hojeo para familiarizarme; el de historia y geografía es uno de mis preferidos, para saber qué temas voy a dar. Luego sé que hincaré los codos en cada punto de cada lección. Brétema cuelga en pendiente, así que la descubro hacia arriba desde el mar. Las calles son cortas, empedradas, están limpias, parece que los vecinos compiten por qué balconada está más bonita, qué fachada más hermosa: petunias contra geranios, hortensias contra buganvillas. El nombre de cada paseo está tallado en bloques de madera. No hay referencias a personajes literarios, políticos, dictadores..., no veo calles que se llamen como hombres o mujeres de la medicina. Camino por las calles Agua, Aire, Alma, Aurora, Agradecida. Sigo por la calle Adelante, paralela a la calle de los Abrazos, giro a la izquierda por la calle de los Aventureros y no es hasta el callejón del Ánimo cuando caigo en la cuenta de que todas y cada una de las calles del pueblo empiezan por la letra A.

—Yo vivo en la calle Actitud —me dice una voz por detrás del hombro.

Me vuelvo hacia la voz amorosa con curiosidad y me topo con una señora mayor, de avanzada edad. Anciana es palabra tabú. Es una mujer muy menuda, no bajita, menuda, como si los años la hubieran ido encogiendo. Viste coqueta un vestido bata de buena tela ligera en color rojo coral y se apoya en su carrito de la compra cuando se para a darme explicaciones, como si me hubiera leído el pensamiento.

Hace unos años, el pleno del Ayuntamiento decidió que había que actualizar el plano de la ciudad y el topógrafo propuso que fueran los vecinos de cada calle los que decidieran cómo querían que se llamaran estas. Que si debían decidirlo los vecinos de más edad, que si mejor los de menor edad, que si debían escogerse nombres marineros, nombres de aves o nombres de flores... Ante el desacuerdo general, se optó porque se eligieran nombres bonitos, positivos, empezando por la letra a. Salieron tantas palabras bonitas con la vocal que decidieron que todas las calles empezaran por a, con la excepción de la plaza mayor de Brétema, que, aunque así se llama, Plaza Mayor de Brétema, todos la conocen por la plaza del Magnolio. Hasta allí decide acompañarme mi nueva amiga mayor, que se coge a mi brazo y, despacito, me va deshilvanando los entresijos de su pueblo.

Es una localidad pequeña que en verano multiplica su población. El alcalde quiere atraer el turismo a la zona, convertirlo en fuente de ingresos para el municipio. Pero me dice: «Aquí ya hay mucho dinero. Fíjate, niña, en esas casas. Los que se fueron regresaron con fortunas. Los que aquí nos quedamos tuvimos más que suficiente para vivir». A Teresita, que así se llama, le encanta que el pueblo esté repleto en verano, que en invierno es muy triste y está vacío. Caminé con ella poco a poco. Me pareció una mujer coqueta, con su pelo corto peinado en bucles, blanco, trabajado en peluquería. Los pendientes de perlas quedaban demasiado grandes en sus orejas; los ojos, de un marrón verdoso, también le habían menguado; me fijé en su dentadura cuidada y en su buen olor. Carezco de la concentración de Mateo, pero siempre he sido muy observadora. Mamá siempre dice que a la farmacia va muchísima gente mayor, que están solos, necesitados de compañía, de contar su historia, que no quieren olvidarse de quiénes fueron. Ella les toma la tensión y los escucha, les regala una sonrisa, qué mejor medicamento. «¿Sabes que voy a cumplir 86 años?», me dice orgullosa para que le conteste lo que quiere oír, la certeza de que está estupenda, y apunta con el dedo índice algunas de las casas a nuestro paso, contándome la historia de sus antiguos moradores.

Asía fuertemente mi brazo cuando, por segunda vez en el día, iba a ver a Axel. Bajaba la calle en bicicleta, frenó suavemente para no tropezar con nosotras. No me quedó otra que mirarlo de frente esta vez. Su pelo estaba húmedo, sus pestañas eran más largas que las mías. Estaba claro que el sol del norte ya llevaba días bronceándole la piel.

—Hola, Amanda. ¿Todo bien? ¿Estás perdida?

Ninguno de los chicos que conocía se habría molestado en pararse a preguntarme nada. Bien pensado, podría contestar que no estoy bien, que sí, que estoy perdida.

—¿Perdida? No. Voy a la plaza. Mi hermano y mi madre me esperan. Esta es Teresita, se ha ofrecido a acompañarme.

—Está bien. Llego tarde a mis clases. Veo que tú no las necesitas. Buena cámara llevas.

—¿Vas a clases de fotografía? —pregunto deprisa, como si así fuera a parecer menos tímida.

—Sí, empezaron la semana pasada. Si quieres puedo preguntar si hay plazas, aunque te perderías las mañanas de playa.

—Bueno, si quieres preguntar… Gracias.

Agarró el manillar y puso un pie en el pedal. Su mirada seguía posada en mí cuando inició la marcha. Me guiñó un ojo a modo de despedida. Pensé en la imagen que de mí misma se llevaba él: me toqué el pelo, me lo había peinado recogido con dos trenzas, llevaba puestas las lentillas y encima del bikini el playero de rayas azules y amarillas que mamá tuvo que escoger por mí. Fue la primera vez en tiempo que me importó mi aspecto. Pensé que el sol debería compadecerse de mí un poquito, tostarme la piel. Desconozco si, como la ancianita, él se percató de la media luna de mi sonrisa.

—Un chico muy guapo, el sobrino de María Cristina. ¿Es

tu novio?

—No. No lo es. Usted se lo sabe todo, ¿verdad? —dije sonriendo.

—Verdad, bonita. No tengo otra cosa que hacer.

Hacía unos dos años que María Cristina había remodelado la vieja casa de sus abuelos. Se la dejaron en herencia, a ella, la única nieta, una belleza, tan guapa como lo era su madre, con esa cara ovalada, la nariz recta y pequeña, los labios carnosos, cincelados, como si al nacer alguien se los hubiera dibujado a lápiz, y el mismo sol dentro de los ojos. Desde bien pequeña, era raro el verano que no visitaba a sus abuelos. Viajaba sola desde Caracas a Oporto o a Madrid y allá que iban a buscarla ellos en autocar. Cristy regresaba todos los veranos sin su madre, cada año mayor, más grandes sus preguntas. Su abuelo eludía el tema con el ceño fruncido, su abuela salía a dar de comer a las gallinas con los ojos vidriosos. La niña aprendió a tragarse la curiosidad. Su papá de Caracas era tan bueno con ella como con sus tres hermanos mayores, pero su madre nunca le ocultó que la llevaba en su barriga cuando viajó desde España en barco. Un trayecto largo y fatigoso.

Mamá y Mateo llevaban un rato esperándome cuando llegué a la plaza. Nunca me acostumbraría a los andares un poco robóticos de mi hermano. Mateo caminaba como dando saltitos rodeando el ejemplar de *Magnolia grandiflora* que se alzaba majestuoso en el centro. Le di las gracias a Teresita, que se sentó en un banco en la plaza («que a estas horas el sol ya nos hace daño a los mayores») y me señaló su casa, la que hacía esquina con la panadería, pequeñita, pintada en naranja. El color que le había tocado.

—Ven cuando quieras a verme. Hago unas filloas buenísimas.

Y prometí que lo haría. ¿Por qué no?

La robustez del tronco del árbol debía de enraizar sin duda alguna con la historia de Brétema. Se le calculaban unos doscientos años de antigüedad, según rezaba un cartel al lado. Numerosos turistas se hacían fotos, tratando de abrazar el tronco que soportaba una copa de unos treinta metros. Por el camino, Teresita me había contado que el árbol llevaba infinitos temporales soportados, que perdía las ramas, pero permanecía firme y que debería regresar a verlo en primavera porque verlo florecer era un acontecimiento hermoso. No se sabía quién lo había traído o cómo pudo crecer allí, pero estaba claro que el pueblo se había desarrollado en torno a él, como si de una iglesia antigua se tratara.

—Hija —dice mamá caminando a mi encuentro—, tardabas mucho. ¿Has visto que bonito el magnolio? Tu hermano quiere quedarse un rato, va a dibujarlo en su libreta. Vamos a tomar un refresco en esa terraza de ahí, luego quiero entrar en la farmacia.

—Pero, mamá…

—No pasa nada, cariño, quiero verla, eso es todo.

Capítulo 9
Laura

El farmacéutico lleva puesta una bata blanca abierta, con un cúter y dos bolígrafos en el bolsillo izquierdo. Debajo, una camisa azul, bien planchada, con una pajarita verde moteada en fucsia anudada al cuello. Las gafas le cuelgan en una cinta de cuero a la altura del pecho. No es muy alto. El pelo gris y una cuidada barba blanca lo hacen parecer mayor, pero no creo que haya cumplido los 70, ni que esté cerca de ello. Atiende al hombre que tiene frente a él con la concentración de quien está escuchando algo realmente importante, sin preocuparse ni un ápice de la cola que hay detrás. Está solo, sin ningún auxiliar. No pongo atención en la cola de gente que hay delante de mí; son, como yo, gente de paso, turistas que calzan chanclas y visten bermudas. Podría apostar lo que van a pedir: cremas solares, antimosquitos, tampones, digestivos y hasta condones. Por eso el farmacéutico se centra en atender con calma a su vecino, que además le está contando, lo oímos todos, que no entiende por qué el médico le ha cambiado las pastillas del azúcar, que las suyas de siempre le iban muy bien y que seguro que es porque le pagan más los comerciales. Que tuvo que esperar una hora en la consulta, cuando se le coló uno de esos con maletín. Con amabilidad y cercanía, el farmacéutico le explica que son las mismas, que tienen la misma composición. Se lo enseña: «Mira, lee aquí». También le pregunta si su mujer está mejor y le recuerda que la podóloga se pasará la semana que viene. Hablan del mar, de que parece que será un buen mes de julio, más caluroso que el del año anterior.

—Siguiente, por favor.

La farmacia ocupa la mayor parte de la planta baja de una casa indiana. Muy bonita por fuera, aunque la espesa hiedra que trepa por toda la fachada apenas deja ver que está pintada en color verde agua, blancos los balcones. Por dentro lleva años sin reforma alguna, lo que la hace noble, con sus estanterías de madera que en su parte superior muestran albarelos y antiguos tarros de cerámica pintados a mano, junto a otros más peculiares de vidrio soplado en color azul cobalto. En las baldas inferiores se apilan libros. Una butaca vieja, como traída de otro lugar al que perteneció, está postrada en una esquina, con la piel agrietada a punto de romperse, al lado de la mesilla donde intuí se tomaba la tensión a los clientes. De las paredes lisas cuelgan fotos, algunas en blanco y negro, enmarcadas en madera todas iguales. Dejo avanzar la cola y me acerco a observarlas: son instantáneas de soldados uniformados que calzan botas negras y llevan una cruz sanitaria dibujada en el casco verde. En algunas se muestran sonrientes, mirando a quien les retrata; en otras se les ve trabajando, ajenos al foco, rodean una camilla, al fondo hay un helicóptero. También los títulos y recortes de prensa lucen en la pared, como si pudiera leerse una biografía: Se había licenciado en la Complutense de Madrid en el año 1969. Calculo mentalmente: tenía 23 años. En Burgos se formó como cadete, en el Centro de Farmacia del Ejército del Aire. Allí se especializó en Radiofarmacia y se diplomó en Logística del área sanitaria. Destinado en Afganistán, también en Bosnia y Herzegovina. Ponente y profesor invitado en la Facultad de Farmacia de Granada y en la San Pablo CEU de Madrid. Hay un recorte de prensa que señala la labor del ejército en la catástrofe del Prestige; deduzco que también estuvo allí. No sé nada de Antón Castro Fontela, más allá de que tiene o tenía interés en deshacerse de esta farmacia. No conozco nada de ese hombre con ojos entre grises y verdes que no sonríe en ninguna de las fotos. Lo miro de soslayo, mientras recorta el cupón precinto de una caja de antihistamínicos. Quiero saber qué oculta su apariencia taciturna. Seguramente debe su aspecto a la carrera militar. No sé todavía de su gentileza, desde ayudar sin hacer ruido acompañando a los vecinos que viven solos, hasta pasear y lavar en domingo a los animales del centro de acogida. No sé que había estado casado, desconozco que no tiene hijos. «Un hueso», le había dicho Mario. «Un tipo raro», le dijo la hostelera. «Un condecorado farmacéutico militar de carrera», pienso yo.

—Las colgó mi padre. Las fotos, los títulos. Lo recogía todo: artículos de prensa, cartas personales. Supongo que se sentía orgulloso. ¿Puedo ayudarla en algo? —dice el farmacéutico dejando el mostrador, acercándose a mí.

—¡No, no! —le digo, saliendo de mis pensamientos. La farmacia se ha quedado vacía—. Discúlpeme, solo quería ver la farmacia.

—¿Es usted de esas consultoras? —mete las manos en los bolsillos de su bata—. Oiga, pierde el tiempo.

Perder el tiempo. Me viene a la memoria aquella vez que mi hijo me oyó pronunciar esa frase. Preocupado, me dijo que me ayudaría a encontrarlo de nuevo. El tiempo, como si no pudiera irse, solo esconderse: «Si se pierde, solo tenemos que buscarlo».

—¿Entonces por qué la tenía en venta? —le pregunto sin darme cuenta de que estoy alzando la voz, de que quiero responsabilizarle de haber secuestrado el tiempo de mi familia.

—Lo lamento, creo que se está equivocando.

Era su padre quien había tenido en venta la farmacia. El corazón se le había parado hacía un mes. Desde el principio pensó que su hijo Antón no regresaría al pueblo. Y estaba en lo cierto, porque nunca tuvo intención de hacerlo. Todo el pueblo lo sabía. Me disculpo por mi insolencia. «Lo siento», le digo. Y me marcho con prisa del establecimiento. El corazón me palpita y me sudan las palmas de las manos cuando salgo por la puerta. Veo a mi hija fotografiando a su hermano, que se ha sentado apoyando el tronco en el del magnolio, con las piernas cruzadas en mariposa. Miro sus zapatillas nuevas de cordones. Todavía le cuesta hacerse los lazos, pero ha sido capaz de decir adiós a las zapatillas de velcro. Está avanzando. Sé que la angustia a veces se apodera de mí. Somos viejas conocidas. Pero me lo he propuesto, era eso por lo que decidí venir aquí: no puedo permitir que se acomode en mis hijos.

—Venga, niños. Vámonos a la playa.

El sol quiso acompañarnos toda la tarde, sin apretar, nos abrazó con dulzura. No era de extrañar que algunos de los vecinos quisieran esconder sus cuatro kilómetros de playa, a pie de monte costero, rodeada de un paisaje casi virgen, con aguas tranquilas, cristalinas, un estallido de la naturaleza que Mateo dibujó con precisión en su libreta mientras Amanda y yo paseábamos junto a la orilla. Las olas nos acariciaban los pies en un ir y venir suave, recordando un murmullo que no cesa, el mismo bisbiseo que provoca el dolor de una pérdida.

—¿Puedo ir a clases de fotografía, mamá? —me pregunta Amanda.

—¿En Madrid? ¿Quieres decir cuando regresemos?

—No, ahora, estas vacaciones. Axel asiste a un taller aquí, en Brétema. Me ha dicho esta mañana que preguntaría si había plazas.

—Vaya, ¡claro!, me parece una estupenda idea. —Y lo digo porque de verdad me alegra verla con ganas de algo después de todo—. Un chico muy simpático ¡y muy guapo!

—Mamá..., por favor.
—¿Ya no está ese otro chico..., Pablo, en tu corazón?
—¿Cómo sabes eso? —me dice sorprendida.
—Porque soy tu madre, porque escribías su nombre en los pósits que hay en tu escritorio, porque he tenido tu edad, quizás, y —le cojo la mano a mi niña, que está casi tan alta como yo— porque, aunque no lo creas, siempre estoy pendiente de ti.
—Me besó —me dice sin mirarme deteniendo nuestro paseo, dejando su mirada bailar con el agua—. Fue horrible. Deseaba que mi primer beso fuera especial, ya sabes, inolvidable. Y fue en el baño del insti, olía mal y él se enfadó y no me gustó, no me gustó nada. ¿Tu primer amor fue bonito?

Debería haber estado más preparada para esa conversación, en ese momento quería tener la respuesta adecuada o la más próxima, una respuesta rápida, confiada, pero me temo que soy como el contestador de Siri cuando no sabe qué responder, te dice: «Lo siento, creo que no te entiendo» o «Buena pregunta». Allá voy, lo intento.

—Ese no ha sido tu primer beso, cariño. Nadie dice que tu primer beso, tu primer amor obedezca a un orden numérico. Veamos, ¿cuál es tu número preferido?
—El cinco.
—Lo ves. Ahí lo tienes. Tú decidirás qué amor, qué beso tiene el mejor puesto en tu vida. No necesariamente tiene que ser el primero. Hay personas que viven su primer amor mucho después de haber amado a otras personas.
—¿Fue papá tu primer amor?
—No, no lo fue, pero fue el último y ese también es importante, porque es el que definitivamente escoges.
—Javier —me sorprende mi hija—, ese hombre que estaba en el entierro de papá, el que te escribe, ¿fue tu primer amor? Yo también estoy pendiente de ti.

—Supongo que sí —digo—. Sí, lo fue.

Lo recuerdo vivamente. Hacía un día ventoso, desagradable; mi padre no llegaba. Yo misma lo llamé por teléfono al hotel donde se alojaba. Tenía que atravesar Despeñaperros, le dije que tuviera cuidado, que los médicos decían que se pondría bien, le dije que yo estaba cuidando de Pedro. Los hospitales no huelen igual, la fragancia varía dependiendo de la causa por la que te encuentras en ellos. A los papás que esperan un bebé debe olerles mejor que a los familiares que esperan la operación de un ser querido. Huele a tristeza para los que esperan que se recupere quien se ha dado por vencido. Pensaba eso recostada en la silla azul de la sala de espera; Pedro miraba por la ventana a un punto infinito; mis vecinos, alertados por el sonido temprano de la ambulancia, habían acudido elucubrando qué podía haberle sucedido a mi madre. Decían: «una bajada de tensión», «una subida de azúcar», «tiene arritmias», «cualquier virus». Vino gente con la que no había cruzado jamás ni una sola palabra. Javier permanecía sentado a mi lado en silencio; su madre regresaba de la cafetería en la primera planta con un café con leche muy clarito. «Tómate esto, Laura, que se te pase el susto», me dijo. Un médico en pijama verde y zuecos blancos flanqueado por dos enfermeras se abrió paso en la sala de espera.

—Familiares de... —Me levanto rápidamente, soy más pequeña, pero soy la hermana mayor—. Acompáñenme, por favor.

—Soy su marido. —Mi padre acaba de llegar, desencajado, nos abraza a Pedro y a mí, aprieta el brazo de nuestra vecina en señal de agradecimiento y sigue al médico pidiéndome con un gesto que espere, que va él.

Después de unos minutos, que a mí me parecen interminables, una enfermera me pide que la acompañe hasta donde está mi padre, una salita contigua al mostrador de recepción de Urgencias. Al abrir la puerta, me cruzo con el médico, que apoya la mano en mi hombro y formula una mueca. La habitación es pequeña, insípida, no tiene ventanas, ni un cuadro. Está pintada en color pera, hay una mesa redonda y cuatro sillas de tela tapizadas en verde oscuro. Mi padre se sujeta el rostro con las palmas anchas de las manos, como ayudando a su cabeza a sostener un pensamiento que pesase mucho o que fuera duro. Hace tres meses que no lo veo, hace tres meses que no me ve. Se levanta y me abraza. Huele a monte, a leña, a lejos. Quiere decirme que me quiere mucho, que he crecido, que estoy muy guapa, que me estoy quedando sin esos bucles que tenía de pequeña; quiere preguntarme cómo me va el instituto, también cómo le va a Pedro. Pero no hay tiempo. Yo quiero decirle que le echo de menos, que ella le echa mucho de menos. Que por eso... Pero no hay tiempo. Ni siquiera tengo un momento para darme cuenta de que mi padre también ha cambiado en estos meses: más delgado, los hombros ligeramente encorvados hacia delante, un velo de angustia en sus ojos castaños. De repente se le ha surcado la frente. De repente no me parece tan alto, ni tan fuerte.

—Lauri —solo mi padre me nombraba así, porque así se llamaba su madre—, cielo, tienes que ir a casa, rápido, el médico dice que es importante averiguar lo que ha tomado tu madre. No te preocupes, se va a poner bien, pero quiero que vayas a casa y busques. Lo que sea ¡tráelo!

—Se tomó unas pastillas —me sale un hilo de voz, un hormigueo hace recorrido por todas mis extremidades— y bebió.

Mi padre me estrecha contra su pecho, siento sus dedos recorrer mi pelo, me besa sonoramente la frente varias veces. «Lo siento, lo siento, Lauri, Lo siento». Después me separa de sus brazos con suavidad, me coge las manos, las aprieta y con mirada firme me dice que corra a casa, que traiga lo que encuentre, una caja, un frasquito, un prospecto.

—¡Lauri! —dice girando el pomo de la puerta.

—¿Qué?
—No le digas nada a Pedro. No hace falta. Vuestra madre se pondrá bien. Ya verás.

Javier salió del hospital detrás de mí. Caminamos en silencio, apresurados, peleando de frente contra un viento desagradable que ululaba, doblegaba los árboles y hacía volar los papeles del suelo. Cuando giré la llave de la puerta ese aire se coló en la entrada de la casa, lo eché de un portazo, pero había dejado frío dentro, o eso me pareció a mí, porque empecé a temblar. Para que entrara algo de luz, Javier tiró de la correa de la persiana; un gato de pelaje pardo se asustó detrás de la ventana y saltó del alfeizar con un aullido quejumbroso. Hilos y retales se esparcían debajo de la mesa camilla; puse los ojos en el vestido de coctel, también en el desayuno que seguía sobre la mesa. Luego los puse en Javier, donde empezaron a llorar sin que yo les hubiera concedido permiso.

Laura —mi nombre parecía siempre el más hermoso en su boca—, por favor, Laura. Las lágrimas rodaban silenciosas, imparables por mi rostro; el niño con el que llevaba años jugando en la calle, mi compañero de clase, el chico del pupitre de al lado, mi vecino, Javi, trató de desviarlas con toda la sensibilidad que escondían sus manos grandes. El frío se había apoderado de mi cuerpo, un cuerpo que todavía se estaba haciendo, él se desprendió de la cazadora tejana forrada de borrego que llevaba puesta, colocándomela, primero un brazo, después el otro. Despacito. Despacito se acercó un poco más, me abrazó. «Pásame tu frío», dijo. Despacito me besó una lágrima, me miró, me besó otra lágrima, me miró. Despacito me besó los labios. Mis lágrimas llevaban más glucosa que agua, o eran sus labios, dulces, carnosos, esponjosos. Despacito le dejé los míos, los acarició, los mordió, suave, muy despacio, su lengua desvío mi llanto.

—Debajo de su cama, no puedo entrar —mis labios seguían palpitando.

—Dime qué hago.
—Debajo de su cama, hay unos calcetines.

Tuve pocos minutos para vestir a mamá, para poner la botella en el armario del salón, oía ya entrar a Pedro por la puerta cuando vi el blíster vacío de pastillas en el suelo, lo cogí deprisa, lo doblé con la palma de la mano, apretándolo fuerte con los dedos. Abrí la gaveta de papá, deshice un par de calcetines, metí el plástico doblado, volví a hacerlos una bola y los lancé bajo la cama.

Javier no me hizo ni una sola pregunta. Saqué el blíster de los calcetines azul oscuro de lana de mi padre. Sobre la mesa camilla, al lado de la máquina de coser, estaba la libreta de encargos de mi madre. En ella apuntaba los pedidos de sus clientas; su letra era bonita, redonda, grande, aunque escribía con faltas de ortografía. Arranqué la primera página que encontré en blanco. Sobre la cuadrícula escribí: diazepam.

Capítulo 10
Amanda

Para cuando nos dimos cuenta, la tarde se nos había ido en la playa y cuando regresamos al Macaracuay, Axel y Cristy estaban en el patio preparando la barbacoa. Me divirtió ver la escena: Axel sostenía con un brazo una bandeja repleta de carne, el otro lo utilizaba para manejar con unas pinzas las brasas de la barbacoa. Se le cayeron unas salchichas que Perseo recogió al vuelo, engulléndolas en dos bocados. Axel dijo que estaba «como caimán en boca de caño»; tuve que traducir en imágenes esa frase hecha para entenderla. Cristy bailaba alrededor de una gran mesa que preparaba para la ocasión, extendiendo al aire un mantel de lino blanco. Sonaba la música, todavía no había oscurecido, pero las luces estaban encendidas, la noche de verano desplegaba su fragancia y, si prestabas atención, las cigarras y otros bichos también cantaban. Axel llevaba puesta una camiseta gris debajo de una camisa de cuadros abierta y remangada, había cambiado las bermudas de la mañana por unos tejanos. Estaba ¿arreglado? Quise subir rápido a darme una ducha y cambiarme, quitarme el playero de rayas, lavarme el pelo.

—Hola, familia —nos saludó Cristy, alisando con las palmas de sus manos el mantel—. Prepárense rápido, en media hora estamos cenando.

—Huele de maravilla —dijo mamá—. Enseguida bajamos para ayudar.

Soy la última en ducharme. Mientras me paso el peine por el pelo húmedo oigo como mamá habla con Mateo; le explica que vamos a cenar con otras personas que hay en el hotel, que será agradable, que estará bien y que sí, que puede bajarse su cuaderno y dibujar cuando le apetezca hacerlo, que nadie va a decirle nada. «Vamos bajando, Amanda», le oigo decir detrás de la puerta del baño.

—Vale, tardo cinco minutos.

Me pongo crema hidratante y compruebo que el sol se ha prendado de mis mejillas, también de mis hombros, ligeramente enrojecidos. Decido vestirme con una camiseta y una falda tejana. Me bajo en chanclas, pero llevo una rebeca porque sé que refresca de noche. La mesa que ha puesto Cristy está preciosa: la vajilla es de porcelana en colores azul celeste y naranja mandarina, las servilletas blancas las ha doblado enlazadas con una cinta morada y una ramita pequeña de lavanda. Hay jarras de agua fresca dispuestas en la mesa y un centro de margaritas blancas. Saludo a la familia de esta mañana; sus hijos juegan con Perseo, comentan la pena que les da tener que irse a la mañana siguiente. Los ciclistas, cerveza en mano, revolotean alrededor de Cristy, que los insta a sentarse. Axel, que seguía peleando con la barbacoa, me hizo una señal para que me acercara a él. Las mejillas me ardían.

—Mejor quédate ahí —me dijo—, no querrás acabar oliendo a barbacoa... ¿Tu día bien? Ya te dije que abriría el cielo.

—Sí, bien. —Di un paso atrás sonriendo con timidez—. Esto es muy bonito. Tienes suerte de vivir aquí.

—No vivo aquí, vivo en Madrid. Pero he venido a pasar las vacaciones con mi tía y de paso ayudarla un poco. ¿Te sientas a mi lado? —dice para mi sorpresa—. Le hablé de ti al profesor de fotografía, puedes empezar mañana. ¡Vamos!, vayamos a sentarnos que esta carne ya está.

A la mesa había llegado una mujer en silla de ruedas, «Amelia», se presentó, empujada por un hombre no muy mayor, en los cuarenta y tantos, al que Cristy nos presentó como el alcalde de Brétema y «un buen amigo». Me pareció natural que entre ellos dos pudiera haber algo más que una amistad, cuando él le paso la mano de forma seductora por la cintura para darle un beso en la mejilla, que Cristy aceptó con indiferencia. Eran dos personas muy atractivas, pensé. Él perfectamente afeitado, con unos bonitos ojos almendrados y un montón de pelo negro sobre el cráneo. Dijo que venía directamente de una reunión en Pontevedra, excusando así su atuendo demasiado formal para la ocasión, vestido con traje y una corbata que se aflojó nada más sentarse entre Amelia y mi madre.

—Soy Suso, encantado —le dijo a mamá tendiéndole la mano izquierda.

—Hola —dijo mi madre, que mantuvo unos segundos la suya.

Me fijé en ella. Estaba especialmente bonita esa noche, el sol también la había acariciado por la tarde; mi padre siempre decía que el verano estaba enamorado de ella, que nunca estaba más guapa, con la única excepción de sus dos embarazos. Esa noche se había recogido el pelo en un moño bajo y se había maquillado muy discretamente, realzando sus ojos, que brillaban por encima del lunar oscuro. Debíamos de pesar casi lo mismo mi madre y yo. Llevaba puesto un mono azul oscuro de tirantes que le dejaba los hombros desnudos, un poco de espalda al aire. Se le marcaban los huesos. Pensé en lo que me había dicho por la tarde en la playa, en su último amor, en papá. Meneé la cabeza con suavidad, para quitarme el recuerdo. Al menos ese recuerdo.

Bebí una Coca-Cola tras otra mientras escuchaba hablar a los invitados. De vez en cuando mi madre miraba hacia donde estaba y me sonreía. Mateo hablaba casi como un adulto más; conversaba acerca de sus impresiones sobre el magnolio, dejando a todos tan impresionados por su vocabulario como por el dibujo que había hecho del árbol.

—Deberías presentarte al concurso de carteles, Mateo —dijo Suso cogiendo el dibujo que había hecho mi hermano—. Dibujas muy bien, mejor que eso, es... ¡excelente!

—Sí, ¡es verdad! —contestaron Cristy y Amelia casi al unísono.

—¿Qué concurso? —dijo mamá.

—Desde hace unos años el Ayuntamiento convoca un concurso de cartelería ilustrada —explica Suso a mamá con voz grave y bonita, como la de un locutor de la radio—. El ganador se convierte en el cartel de las fiestas locales.

—Son muy bonitas, se celebran a final de primavera, coincidiendo con la primera floración del árbol —dice Cristy—, y viendo este dibujo, me parece que este jovencito no tendría rival.

—¿Puedo, mamá? —pregunta mi hermano—. ¿Puedo participar en ese concurso?

—Oh, pues claro que sí, tesoro —dice mamá, y me doy cuenta de que su felicidad, su restablecimiento, está en parte supeditado al de mi hermano y al mío.

Todos en la mesa aplaudimos la idea y la velada continuó como si estuviéramos dentro de una película de esas que ponen los sábados por la tarde, hechas para pasar un rato agradable, comiendo palomitas en el sofá, donde todo es predeciblemente bonito y nada malo puede pasar. El vino corría alegremente por las copas de los adultos, las conversaciones se sucedían una tras otra sin un hilo conductor. Yo no quería moverme de mi sitio porque Perseo estaba instalado de forma plácida debajo de mi silla, con la cabeza reposada en uno de mis pies. Y porque él estaba a mi lado, apretados en la mesa como estábamos, temía que uno solo de mis movimientos pudiera romper el confortable espacio en el que me encontraba.

Axel había llegado a Madrid a finales de enero. La vida tiene esas coincidencias, me paro a pensar: no lo conocía entonces, pero él había llegado a mi ciudad en las mismas fechas en las que mi padre..., cuando mi padre murió. Le gusta Madrid, tenía muchas ganas de conocer la ciudad, pero le habría gustado más como parada de otras tantas capitales europeas que soñaba con recorrer algún día. No es lo mismo ser turista que «inmigrante forzoso». Llegar en enero tampoco había sido lo mejor, porque el frío es horroroso y no lograba acostumbrarse a llevar tanta ropa. Sigue sin entender por qué todo el mundo camina tan deprisa en la capital, como si a todos se les escapara el último tren. Él no llega tarde a ningún sitio («Soy puntual»), pero camina despacio, distraído tal vez, porque en su Caracas no podía hacerlo, caminar libremente, parándose a leer todos los letreros, deleitándose frente al escaparate de una librería, sin que el miedo le susurrara al oído que a la vuelta de la esquina alguien podía atracarle. Su padre tomó la decisión de venir cuando aquellos tipos les obligaron a bajar del coche a punta de pistola y se lo llevaron, «dejando a mi mamá con una crisis de ansiedad». Su tía Cristy ya llevaba tres años aquí. Sus otros tíos estaban uno en Panamá, otro en Miami; ellos se habían marchado años antes, cuando Chávez expropió el banco federal.

Axel había comenzado el instituto como si fuera el regalo de Reyes de la clase, exactamente esas fueron las palabras de la tutora cuando lo presentó a sus nuevos compañeros. No le gusta el fútbol («Aquí nadie juega al béisbol»). Le gustan las matemáticas, le aburren los análisis morfológicos y sintácticos, esa manía de analizar las palabras hasta la extenuación. Sus compañeros lo habían acogido bien. No lo pondría en duda, todo él es un campo magnético.

—Tu hermano es genial, Amanda.

—Sí, lo es.

—A mi padre le diagnosticaron Asperger hace dieciséis años, poco antes de nacer yo.

—¿De verdad?

—Es el mejor padre del mundo. Oh, lo siento. —Pone su mano sobre la mía, un escalofrío me recorre de los pies a la cabeza, haciendo que los pies se muevan y que Perseo se despierte de su sueño—. Mi tía me ha contado lo de tu padre, discúlpame, de veras.

—Me aprieta la mano suave, brevemente. Me pregunto de que factoría ha salido un chico así.

—Nada. No te preocupes —le digo—. Cuéntame, por favor, de tu padre. No imagino a mi hermano de mayor, no me había planteado que pudiera casarse con alguien, tener hijos y... míralo allí.

—Está sentado en el banco de piedra, dibujando con su mano derecha, enrollando la plastilina con su mano izquierda.

—¿Llevar una vida normal? Pues claro. ¿Sabes una cosa? Tu hermano tiene algo en común con mi papá: los ojos. Cargan con esa mirada profunda, brillante. Insondable. Te alejas de ellos y crees que siguen mirándote.

Es verdad, es como mirar al sol de frente y después cerrar los ojos. La sombra oscura del astro sigue en tus párpados.

Su padre es un hombre más bien serio, me cuenta. Nunca jamás lo ha visto reír a carcajadas; sonreír, en contadas ocasiones, pero no es un hombre triste, aunque debiera estarlo, porque ama profundamente su país. Solo por él no hicieron las maletas mucho antes, aguantando la inseguridad, la falta de esperanza que se acomodaba en Caracas. Rubén Parra es ingeniero, muy cualificado, ya tiene trabajo en Madrid, que hay un montón de venezolanos «apoyándose en la distancia». Es un hombre metódico, muy ordenado, que irradia una seguridad que puede confundirse con arrogancia. Es verdad que es inflexible, de fuertes convicciones y valores. Le dice las cosas sin miramientos. Lo que le gusta. Lo que no le gusta. No se le puede mentir. Come y cena a sus horas: tres días a la semana, pescado; fruta, a diario; sopa, todas las noches. Atesora una increíble colección de películas en formatos VHS y DVD, que hizo enviar por barco. Es un cinéfilo, un incansable lector y de él ha heredado Axel su interés por la fotografía.

—Y se casó con la chica más guapa y lista de Caracas, mi mamá, íntima amiga de la tía Cristy. Las dos son odontólogas.

—¿Tu tía Cristy es odontóloga?

—Sí, pero no ha ejercicio nunca aquí, se cansó de tramitar la homologación de su título. Además, ella tenía otras posibilidades —me explica—: heredó esta casa de sus abuelos maternos. Es hermanastra de mi padre; mi abuelo estaba viudo cuando se casó con su madre, embarazada —de otro hombre, me explica sabiendo que es confuso—. Mi papá y ella se llevan solo tres meses de edad. Ha hecho un trabajo increíble, ¿no crees?

—Ya lo creo —contesto acordándome de lo que me costó en primaria aprender los grados de parentesco.

María Cristina Parra se había hartado de solicitar trabajo, de ir de una administración a otra para convalidar su titulación. Solo unos años atrás no habría sido tan difícil, pero las cosas se habían ido complicando. Eso fue lo que le dijeron en el consulado. Quizás podía haberse decidido a probar suerte, como sus hermanos mayores, en Miami o en Panamá. Pero Miami no le llamaba la atención y en Panamá hacía demasiado calor. De todas formas, ella, que siempre ha tenido la tensión muy baja, no soportaría esas temperaturas. Además, era española, no así sus hermanos. Aunque Rubén, al casarse con Oriana —sus abuelos eran de la isla de El Hierro—, también se abría las puertas si algún día decidía seguir sus pasos y salir de Venezuela. Era un cabezota, un guapo y serio cabezota; de sus hermanos, al que más quería. Andaban los dos, cómo llamarlo, «en la resistencia», luchando contra lo que se le venía encima al país. ¿Es que nadie se daba cuenta? Todos se estaban marchando: los jóvenes, los más preparados, los que tenían medios. Los que tuvieron miedo. Venezuela nunca había sido un país de emigrantes; al contrario, durante años fue un país receptor: españoles, portugueses, italianos. Pensaban que no podían ir a peor, desde que llegó ese loco con boina verde, Chávez. Sus padres lo intuyeron: «Salid de aquí, buscaos la vida». Rubén y ella no querían, hasta que el gobierno de Maduro acabó por empujarlos, a Cristy primero. Fue cuando vino al entierro de su abuela —había sobrevivido cinco años al abuelo—. Su madre la llamó desde Caracas, le suplicó: «Quédate ahí, no se te ocurra volver».

No había heredado una fortuna, pero, además de la vieja casa, algo de dinero le habían dejado los abuelos. En unos días se instaló en Brétema, a punto de tirar la toalla, cansada de deambular por Madrid, de probar suerte en Barcelona, cuando se le ocurrió reconvertir aquella casa en un hotelito. No había otro en la zona, no sería grande, no haría fortuna, pero sí tendría para vivir. Si lo conseguía —se prometió sin saber cómo entonces—, ayudaría a todos los venezolanos que llegasen a España.

Capítulo 11
Laura

Los días en Brétema empezaban a pasar rápidamente. El tiempo estaba siendo benigno y aunque una espesa niebla se levantaba al alba como una sábana pegada el mar, luego el sol acababa por encapricharse del día. Escuchaba a los lugareños decir que era el mejor julio en años. Establecimos cierta rutina en nuestras vacaciones, mientras nuevos huéspedes iban pasando por el hotel. El Macaracuay era, más que un hotel, como estar en una casa con invitados que van y vienen. Cristy lo gestionaba sola fácilmente, con la ayuda diaria de una empresa externa que se encargaba de la limpieza y la colada. Al teléfono, mi suegro no había hecho más que insistir en que las ampliáramos todo lo posible si yo creía que nos estaban haciendo bien. Empezaba a creerlo. Después de desayunar, Amanda se montaba en una de las bicicletas que había disponibles en la caseta del jardín del Macaracuay; ella y Axel pedaleaban los escasos 3 kilómetros que separaban el hotel del centro del pueblo. Algunas veces Perseo corría detrás de ellos y se quedaba tumbado en la puerta de la casa del profesor hasta que los chicos terminaban. Pasaban casi toda la mañana en clases de fotografía. Yo observaba a mi hija: poco a poco reaparecía su sonrisa completa, de lado a lado, seduciéndonos a todos con esos tiernos huequitos, hoyuelos en su rostro. Estaba recuperando el apetito y sus ojos brillaban, delatando a todas luces que se estaba enamorando. Mateo, por su parte, se mostraba a la par relajado y entusiasmado con su participación en el concurso de carteles. Cristy le dejó utilizar a su antojo su «humilde cuarto de pintura». En lo que antes fue un pequeño granero, anexo a la casa principal, ella había montado un universo personal donde pintaba sus acuarelas, hacía esos bonitos arreglos florales en tarros de todo tipo y restauraba muebles. Cuando el trabajo en el hotel se lo permitía, pasaba largas horas allí metida. De las paredes colgaban fotografías familiares, postales de otros países, dibujos inacabados, letras de canciones y poemas enmarcados. Sobre una robusta y vieja mesa de carpintero que, me dijo, fue de su abuelo, se apilaban con cierto orden botes con pinceles, lapiceros y pinturas. También a Perseo le gustaba echarse a dormir en aquella habitación, exhausto después de sus carreras al pueblo. Con ella y el animal a sus pies se quedaba mi hijo, lo cual me sorprendió y me alegró a partes iguales; después de comer pintaban juntos hasta el atardecer. A Mateo no le importaba que yo me fuera entonces a la playa —de todas formas, él detestaba que la arena se le pegara a la piel—, o a pasear por el pueblo, tomar un café en la plaza y visitar a Amelia, con la que había conectado desde la primera vez que nos vimos.

Después de aquella barbacoa, las veladas en el Macaracuay eran una constante. O sencillamente ya lo eran antes y yo me había dejado abrazar por aquellas tres personas que en apariencia no tenían nada en común. Cuando a altas horas refrescaba en el patio, nos trasladábamos a la amplia cocina, donde, de nuevo, empecé a cocinar otra vez de madrugada.

Amelia se llamaba así por Amelia Earhart, una aviadora estadounidense que intentó el primer viaje aéreo alrededor del mundo.

A su madre, una enamorada de los pájaros, le pareció una hermosa coincidencia que aquella mujer voladora tuviera tan bonito nombre. Quería que la más pequeña de sus hijos fuera intrépida, libre, que no se quedara en el fin del mundo, que eso era Brétema. Sus hermanos mayores siempre estuvieron vinculados a la pequeña bodega familiar, con viñedos en parcelas de 70 hectáreas, un trabajo duro que juró no sería para su niña. Amelia había nacido como un regalo inesperado, cuando su madre tenía 49 años, cuando creía que la regla se le había retirado. Creció como un pajarito, de pico fino para comer, tan delgada siempre; era imposible saber de dónde sacaba toda aquella energía que la tenía saltando y haciendo volteretas. Su madre le recogía el pelo en un moño alto y tenso cuando la llevaba a clases de ballet en Pontevedra. Amelia era entonces, como ahora, todo ojos, redondos como dos fichas azules del parchís. La muñeca de su casa. Fue una suerte que su madre la viera crecer con salud, graduarse en la universidad, que conociera a alguno de sus novios, con uno de los cuales a punto estuvo de casarse una vez; recibió postales de todas las ciudades que su bello pajarito visitaba. Luego, cuando enfermó, Amelia regresó para cuidarla. El amor es de natural descendente, de madres a hijas, y en respuesta ascendente, de hijas a madres. Pajarito pasó semanas dando de comer a su madre arroz blanco a puñaditos, caldo a cucharaditas; la lavaba frotando con suavidad su espalda, la peinaba con la raya al lado, le ponía unas gotas de perfume en el cuello. Para irse se quedó dormida. Todos pensaron que a Amelia se le pegarían las alas, pero no, salió volando de allí. Ella estaba salvada de la tristeza de la pérdida. Quizá porque su madre, tan mayor y de salud delicada, la había preparado desde siempre para que subsistiera sin ella. Le había dicho que sería como una estación fría de invierno, que luego la primavera llegaría, que si te han amado de pequeño estás salvado para siempre, pase lo que pase: «Serás fuerte y seguirás volando, llevas las alas de serie en el corazón». Fue una suerte, dijeron sus hermanos, que su madre y su padre no vivieran cuando Amelia se cayó de una moto. La primera vez que se sentó en la silla de ruedas, ella pensó que sin duda era afortunada por tener el corazón alado.

Sus hermanos y sus cuñadas tardaron dos años en convencerla de trasladarse a Brétema. La pequeña bodega familiar crecía y estaban buscando a un director de marketing y estrategia. ¿Acaso no era eso a lo que ella se dedicaba? Había diseñado las páginas web de empresas de prestigio, tenía un buen inglés. «Vamos, Amelia, te necesitamos». Acabó diciendo que sí, «pero solo por un tiempo». Se acondicionó para ella la planta baja de la casa paterna. Después, los meses se convirtieron rápidamente en dos años. Hizo traer todas las pertenencias de su ático en Pontevedra, que acabó por alquilar. Cuando todos sus libros estuvieron en Brétema, se sintió de nuevo en casa. Solo en una cosa se había equivocado su madre: ella sí podía ser feliz allí, en su hogar, en aquel salón que miraba al mar. Sus sobrinos la adoraban, era lista, divertida, les ayudaba con sus deberes, sabía muchísimo de música y, lo mejor de todo, era una crack de la tecnología: dominaba ese idioma que sus padres desconocían. Hacer su trabajo le resultó fácil, más gratificante de lo que jamás habría imaginado. Al fin y al cabo, ella también era propietaria de la bodega familiar y puso todo su empeño en contribuir a la mejor imagen de esta. Creó una página web atractiva, desarrolló la plataforma de venta *on-line*, colocó a la bodega en los primeros puestos del buscador Google y abrió cuentas en todas y cada una de las redes sociales. Llamó a todos sus contactos e invirtió una suma nada desdeñable en publicidad. El buen producto que tenían hizo el resto. Tiempo atrás, cuando su vida rodaba a toda velocidad llevaba hasta seis cuentas de diferentes clientes, por lo que sabía que pronto dispondría de bastante tiempo libre.

A menudo la visitaba Suso, que antes de ser alcalde había pertenecido a su pandilla juvenil. Un buen amigo. Fue él quien la convenció para que llevara a la práctica la «loca idea» de abrir por las tardes las puertas de su casa y montar una pseudobiblioteca.

—¿Crees que debo hacerlo?

—Claro, Amelia. ¡Es una idea fantástica! —le había dicho él abriendo algunas de las cajas de libros que todavía quedaban por desembalar.

—Eso mismo me han dicho mis hermanos —dijo ella sonriente—, deben de tener miedo de que me vaya.

—¿Y vas a hacerlo?

—No. ¿Sabes? Me encuentro bien aquí. Pero tú..., ¿qué haces aquí? ¿Por qué no estás con tu mujer?, ¿con tu hijo?

—¡Vaya! Amelia. Haces la pregunta que nadie se atreve a formular. No has cambiado nada, ¿eh?

—No, además, estar en esta silla me confiere poderes. Ya nada me pude dejar más paralizada. Vamos, larga de una vez. ¿Qué pasa?

—No pasa nada.

Cuando no pasa nada es cuando todo está pasando. La mujer de Suso trabajaba como secretaría en los juzgados de A Coruña. Allí vivía con su hijo de lunes a viernes. Los sábados regresaba a Brétema, aunque cada vez lo hacía menos. Suso y ella lo habían hecho todo al revés: bailaron con unas copas, se acostaron, hubo un embarazo, se casaron, se conocieron: Ella dormía con calcetines y pijamas de franela, no siempre se depilaba las axilas, le gustaba el fútbol, se transformaba a grito en pecho frente al televisor cuando había partido del Madrid. Se maquillaba todos los días, pero no todas las noches se desmaquillaba y entonces amanecía por la mañana con la cara acartonada. Le había costado mucho esfuerzo sacarse la oposición y no estaba dispuesta a mudarse a aquel pueblo, bonito y animado en verano, frío, húmedo, tan solitario en invierno. Durante el primer año, Suso consumía una hora y media en ir, una hora y media en volver, para ver a su hijo en la ciudad herculina, para seguir trabajando en su empresa, Proyectos Paisajísticos de Brétema, que había creado con tanto entusiasmo apenas unos meses antes de conocer a la madre de su hijo. Después los viajes pasaron a ser de fin de semana, y así llevaban ya una década. Eran «matrimonio» en Navidad, Semana Santa y quince días en verano. Por eso a nadie le extrañó que ella —así la llamaban todos, Ella— no acudiera cuando Suso tomó posesión de la alcaldía.

—¿Por qué no se divorcian? —le pregunté yo a Amelia cuando una tarde cualquiera me contó lo de Suso, mientras yo buscaba qué libro llevarme de la biblioteca para leer en la playa.

—¿Por comodidad? —me contestó Amelia—, porque se llevan bien, no se molestan, porque ya sienten que lo están, separados sin necesidad de papeles, por su hijo o por la sencilla razón de que ninguno de los dos ha encontrado todavía un amor que no les dé otra opción.

—Pero ¿Cristy? —pregunto yo.

—Eso es otra historia, Laura. Otra historia. Ten —me dice haciendo girar las ruedas de su silla. Me contó que no le daba la gana de utilizar la silla con marchas en el mango, porque así ejercitaba y tonificaba los brazos. Y era cierto que sus brazos eran poderosos, como sus ojos—: Llévate este, ¿Lo has leído?

—*Quién de nosotros*, de Mario Benedetti —leo el título en voz alta—. Pero ¿es poesía? Porque no me gusta leer poesía —digo hojeando el libro, que es pequeño y tiene las hojas amarillas por el paso del tiempo.

—No, es del Benedetti narrador. Su primera novela. Lee por detrás, la sinopsis.

Leo: «La historia de un triángulo amoroso, como el que forman Miguel, Alicia y Lucas, es utilizada por el autor para ofrecer-

nos una imprevisible e irónica exploración de la soledad humana, con un final abierto que se resumirá en la última frase del libro "¿Quién de nosotros juzga a quién?"».
Me repito: Quién de nosotros juzga a quién.

Con mi lectura recetada bajo el brazo, me dirijo a la playa pensando qué quedará de la Amelia anterior a la silla de ruedas. Si todos sacamos nuestra fuerza de un miedo, de una tragedia, ella no parecía haber seguido esa ecuación. Ya debía de estar hecha de madera robusta antes de su accidente. Si mi hijo pudiera dibujarla, sería un roble de tronco firme. En alguna ocasión se lo iba a decir y ella me contestaría que eso era una soberana tontería, que claro que ella tenía inseguridades, temores y miedos, pero que no le quedaba otra que afrontarlos de tú a tú porque «como bien sabes, no puedo salir corriendo». Adorable Amelia.

Yo sí había salido corriendo varias veces, las mismas que me había sentido paralizada.

Capítulo 12
Amanda

Lo primero que nos dijo el profesor de fotografía fue: «No sé qué hacéis aquí, ¿no tenéis un móvil decente con una buena cámara? Porque ahora todo el mundo hace fotos con el puto teléfono». Axel me guiñó un ojo —cada vez que lo hacía, una mariposa en mi estómago alzaba el vuelo— y en voz baja, acercándose a mí, dijo: «Ya verás, es estupendo». Las clases se impartían inicialmente en la cochera de la casa de Víctor, el profesor. Conmigo y con Axel, que bajábamos la media de edad del grupo considerablemente, éramos seis alumnos: un profesor de Tecnología jubilado, una mamá que quería sacar fotos bonitas a sus niños, una recién casada a la que le habían regalado una cámara carísima que quería aprender a manejar y un señor con una leve discapacidad, cojo de la pierna izquierda, que acude a las clases sin teléfono, sin cámara y sin ganas.

—Vámonos, ¡ahora! A ver si me tomo un café en la plaza, que ayer por la noche no dormí nada. Dejad todo aquí, sí, las cámaras también. No os preocupéis, que vivo solo, mi novia me dejó hace dos días... Y lo cierto es que estoy de puta madre. ¡Vamos, joder! Que no tengo todo el día.

En el insti tengo todo tipo de profesores: los que hablan bajito, los que alzan la voz y te tiran tizas a la cabeza, algunos de los que no sabes nada, otros de los que sabes todo… Te cuentan que están de mal humor porque van a divorciarse e imparten clases con los ojos húmedos porque se les murió el gato. En un primer momento, sin saber todavía quién era ese tal Víctor y sus conocimientos de fotografía, supe que lo que fuera que aprendiera con él iba a estar aderezado con un montón de tacos, salpicado con detalles de su vida personal.

—Si por mi fuera, este curso de dos semanas lo dedicaríamos a caminar, a observar y a aprender a mirar, enmarcando solo con vuestros dedos como referencia, porque es una mierda lo que me pagáis para todo lo que os voy a enseñar, así que espero que seáis listos y entendáis a la primera lo del triangulito. Sí, sí, ya lo sé que en el programa pone un montón de cosas que quedan muy bien. A ver —dice palpándose los bolsillos del pantalón y de la camisa—, aquí lo tengo. Por ejemplo: «Concepto y práctica de la distancia focal». ¿Qué más?, «Técnicas rápidas de semiexposición», bla, bla, bla… Lo dicho, una gilipollez. Veamos, Amanda, te llamas así, ¿no? Tú que has llegado la última. ¿Qué quieres fotografiar? ¿Cuáles son tus intereses?

—Bueno —contesto con timidez, con miedo a que mi respuesta le parezca una estupidez—, a mí me interesan las puertas, las ventanas también, las persianas, las cancelas…

—Genial —dice dando dos palmadas para después echarse dos sobres y medio de azúcar en el café negro que ha pedido.

Lo observo mientras remueve la cucharilla con tanto nervio que no soy capaz de verlo sosteniendo con pulso una cámara, así que trato de imaginarlo disparándola sobre un trípode, preguntándome a qué altura lo pondrá, porque es bajito, yo soy bastante más alta. Hay una franja de edad en la que no es fácil acertar, él está ahí, quiero decir que me lo creo igual si me dice que tiene 26 o 36. Para lo joven que es viste fatal y me pregunto si se debe al desamor que hoy lleve puesta una camisa de palmeras azules sin hacer coincidir botón con ojal y unos pantalones de estampado militar. De inmediato me voy de sus pies a la cabeza, porque lleva puestas unas chanclas de dedo y uno de los dedos gordos no tiene uña, «un jodidísimo hongo», dice; prefiero mirarle los rizos, qué digo, tirabuzones, «naturales como los del Bisbal». En cualquier caso, los días siguientes su atuendo no iba sino a empeorar, por lo que deduje que Víctor se vestía por no salir desnudo de casa, agarrando del armario lo primero que tenía a mano, y llevaba su indumentaria con absoluta seguridad.

—Mis clases van de otra cosa, que os quede claro. —Pide otro café—: Os lo resumo: voy a hablaros de matiz, de amor, de conocimiento. Es el otro triangulito, eso es, para mí, la fotografía.

Saco mi libreta y lo apunto: matiz, amor, conocimiento = fotografía.

Al día siguiente, el señor que cojeaba causó baja en la clase. Víctor volvió a explicar para mí, «última incorporación», el famoso triángulo de la luz que consistía en combinar de manera adecuada tres elementos: la apertura del objetivo, el tiempo de exposición y la ISO o sensibilidad a la luz. La única manera de acabar entendiéndolo bien era únicamente «apretando mucho el botón, ¡haciendo fotos, ostias». Era difícil seguirlo, porque hablaba rápido, como si no tuviera tiempo, como si fuera consciente de que era imposible hacernos partícipes de todo el conocimiento que poseía. Cuando se daba cuenta, enseguida decía «venga, vámonos de aquí». Nos contó que no podía estar mucho tiempo en el mismo lugar, a Brétema iba y venía cuando se quedaba sin proyectos «o sin pasta»; luego cogía la mochila y su cámara para viajar «casi siempre detrás de una chica». Pero dudo que fuera así. Axel me pasó su cuenta de

Instagram y resulta que Víctor llevaba años paseando con su zoom por países, digamos, conflictivos.

Cada día que pasaba yo disfrutaba más de esas clases, y también, por qué no decirlo, de compartirlas con Axel. Empecé a levantarme cada vez más animada. Apuntaba en mi libreta todos los aspectos técnicos que Víctor nos explicaba como apurado. Cogía nuestras cámaras, jugaba con los botones, «inútiles y prescindibles la mayoría». Su objetivo era que al final olvidáramos el programa automático y ejerciéramos nosotros el control, disparando en manual. Eran muchos conceptos, yo anotaba: «reflectancia del 18 %», «gris medio», «fijar picture control», «componer al tercio», «cualquier fotografía que no llegue a los blancos está técnicamente mal expuesta». Pero luego cerraba la libreta y lo escuchaba embelesada, cuando nos mostraba la poesía que había detrás de la fotografía. Yo desconocía a la mayoría de los artistas de los que nos hablaba con pasión, los Seascapes de Sugimoto me fascinaron: «¿Cuál es el límite? Mirad, observad bien, lo que se deja dentro, lo que se deja fuera. Es la voluntad del autor». A Víctor le fascinaba el trabajo de Walker Evans y mucho más el de Dorothea Lange; de ella reconocí la famosa fotografía *The Migrant Mother*, sin saber que era de ella, como sucede con todas las grandes obras que trascienden a su autor. Mi libreta se rellenaba todos los días con bellas sentencias que no hacían más que fomentar mi interés por saber manejar mi cámara. Practicaba con ella a todas horas, tal y como nos había invitado a hacer Víctor: «Fotografiad algo que os sea ajeno con total afán de conocimiento». Hice fotos de las puertas y ventanas de todas las casas de Brétema, hice fotos a Perseo, sentado, tumbado, ladrando, comiendo, paseando. Me subí a los árboles y a los muretes para fotografiar con perspectiva los paisajes. Disparé tantas veces a mamá que ya no posaba para mí y entonces de lo cotidiano conseguí sacar lo extraordinario. Retraté a mi hermano y a Cristy en el taller de pintura, fotografié insectos voladores reposando en las flores, aves alzando el vuelo, clic, clic, clic. Y no, a Axel no era capaz de fotografiarlo. No hasta que me tocó hacerlo en un ejercicio programado una mañana nublada de lunes con Víctor de bajón.

«Retratad a vuestro compañero o compañera, quiero ver cómo lo afrontáis, os estaré observando, después veremos las fotos y las comentaremos». Nos fuimos todos a la plaza del Magnolio para realizar el ejercicio. Víctor se dejó fotografiar por la chica casada siguiendo sus instrucciones como un modelo sin voz ni voto. Yo fotografié a Axel sentado sobre el respaldo de uno de los bancos de la plaza. Disparé tres veces a relativa distancia, usé el zoom como muletilla de mi timidez. El día estaba gris, me decidí por una ISO 400. A través de mi cámara era fácil mirar al chico de las Converse, al que miraba el cielo de estrellas, al que me preparaba desayuno de redondas arepas. A qué velocidad disparo para captar el destello de su mirada, cómo lo hago para que se vea la ligera sombra que dibujan sus pestañas. Axel me sonríe como un día de buena suerte, amplio. Aprieto el botón. Después me toca a mí ser el objeto de su foco. Víctor nos observa a escasos metros de distancia, parece que le divierte la nueva escena, que claramente los papeles funcionan mejor ahora, porque Axel me coge de la mano y me lleva al tronco del magnolio, se ubica tan cerca de mí que casi puedo sentir su respiración: «suéltate el pelo», «mírame a mí», «abraza al árbol, como si hubiera crecido contigo», «ahora, voltéate y ¡regálame una sonrisa!, así, así estás bonita, muy bonita» y dispara, clic, una vez, clic, clic, dos veces, muchas veces. «Bravísimo» le dirá Víctor, que, sin haber visto todavía las fotografías de ninguno de nosotros, decide por observación que ha sido Axel quien tiene las mejores fotos: «porque no tuvo miedo de acercarse a Amanda, porque la mimó con sus palabras, porque tomó decisiones, porque la animó a relajarse y porque, no lo olvidéis, la imagen nos dará siempre la emoción del que está fotografiando».

—¿Puedo verlas? —le digo a Axel en la terracita de la plaza, donde acabamos siempre todas nuestras clases.

—No —me dice, agarrando su cámara y llevándosela a su regazo—. Pero te prometo que has salido muy guapa. Es que igual escojo una de estas fotos para el trabajo final. No te importa, ¿verdad?

—¡Oh!, de acuerdo. No, no me importa. Yo todavía no sé qué foto voy a escoger, creo que todavía no la he hecho —le digo mientras pienso que no quiero que llegue el final del curso de fotografía, el final de nuestras vacaciones. No quiero salir del paréntesis en el que me encuentro, en el que me siento cómoda. Volver al asfalto, al instituto, ponerme el uniforme, recordarle... No quiero... Muevo la cabeza.

—Haces eso a menudo —me dice.

—¿El qué?

—Apretar los párpados y mover ligeramente la cabeza, como si te sacudieras un mal pensamiento.

—¿En serio? Pues no sé, no soy consciente de ello. —Miento, porque sí lo soy.

De vuelta a la cochera de Víctor, me tropiezo en el camino con Teresita, la anciana que se prestó a hacerme de guía en mi primer día por Brétema. Parece haber bajado un par de peldaños más en su vida en tan breve espacio de tiempo. Aunque en la peluquería le hayan marcado el pelo, ralo, blanco, con rulos, a pesar del vestido verde estampado con diminutas flores rosas, aunque calce manoletinas que se le abren a cada paso que da, dejando a la vista los diminutos pies que la sostienen, a mí me parece que si suelta el carrito de la compra se va a desplomar en mitad de la cuesta que la lleva a su casa. Le digo a Víctor que enseguida me incorporo a la clase, que debo a acompañar a mi amiga a su casa.

—¡Ah!, hola, nena, ¿cómo te va? No has venido a probar mis filloas —me dice y hace que sienta que debía haberlo hecho.

—¿Es buen momento ahora? —le digo—. La acompaño a casa dando un paseíto.

—No voy a casa, cariño. Voy a la farmacia. Hoy como allí. Pero sí, acompáñame, así me cuentas qué tal todo con el chico guapo.

—No hay nada con... el chico guapo —sonrío—. ¿Está segura de que come en la farmacia?

—Hoy es jueves, ¿no?

—Sí, es jueves.

—Pues entonces, sí, claro. —Me agarra un brazo—. Vamos, que Antón debe de andar preocupado.

De no ser por Teresita, lo más probable es que no hubiera entrado en la farmacia del pueblo, la que quiso comprar papá. Ya había fotografiado su bonita y singular fachada en varias ocasiones, con motivo de los ejercicios que nos imponía Víctor: la hiedra se agarraba a la casa indiana como un amante desesperado. Un cartel enganchado a la puerta con una ventosa señalaba el horario del establecimiento: abierto de 9 a 1, de 5 a 8, de lunes a viernes. Miré mi reloj de pulsera, faltaban 15 minutos para el cierre. Empujé la puerta con la mano derecha y luego la sujeté para que entrara Teresita con mayor facilidad; le agarré el carrito de la compra. Había clientes en la farmacia. Tras el mostrador, el hombre con bata blanca y pajarita al cuello me recordaba a alguien, pero no sabía a quién. Nada más vernos entrar, lanzó una sonrisa a mi amiga; con su mirada pareció agradecerme a mí el gesto de acompañarla.

—Vienes pronto, Teresita, y muy bien acompañada.

—Hola, Antón. Es mi amiga Amanda, está pasando unos días de vacaciones en el pueblo. Dime, ¿soy la primera?

—No, no lo eres. Puedes pasar, que enseguida acabo. Hola, Amanda. ¿Quieres quedarte?

Se supone que voy a ser farmacéutica, lo he oído desde bien pequeña: a mi padre, al abuelo, a la abuela Gloria, a Julita, a mis profesores, a Rocío... Ahora que lo pienso, a mi madre, no. Como si mi hermano y yo tuviéramos ya un seguro de vida, el pan bajo el brazo. Mamá dice que los seguros solo le son útiles a las compañías aseguradoras, les pagamos porque necesitamos comprar nuestra tranquilidad cuando las cosas van bien. Luego, si las cosas se tuercen, no hay cobertura posible. El seguro de vida de papá, no le devolvió la vida a papá. Si me preguntan ahora mismo, lo que quiero ser es fotógrafa, como mi tío Pedro, al que no conocí. La fotografía sí que te asegura capturar ese instante de la vida caprichosa, te permite inmortalizar a los que amas, capturar momentos que se harán eternos.

Cada jueves al mediodía, Antón compartía mesa y mantel con Teresita y Juanito. Echaba unos puñados más de legumbres a la olla, cortaba las hojas de lechuga para preparar la ensalada y lavaba bajo el grifo los tomates que Juanito traía de su huerto. Dejaba preparada la cafetera cargada con café descafeinado para servirlo después, mientras Teresita barajaba las cartas que repartía con los temblores de su mano derecha. Jugaban siempre al cinquillo. Teresita no había tenido hijos, había enviudado muy joven y aunque tuvo pretendientes no quiso casarse de nuevo. La mujer de Juanito había fallecido el año pasado; tenía dos hijos que vivían con sus familias en Alemania y a los que prácticamente no veía. Juanito y el padre de Antón habían sido grandes amigos. El farmacéutico los escuchaba relatar sus vidas una y otra vez, como quien escucha la más fascinante de todas las historias. Luego ellos también le preguntaban a él por sus experiencias en el frente, por sus clases en la facultad, por los amores que había tenido, por aquel amor que tuvo.

Mi padre solía decirme que la soledad, como la diabetes, es una enfermedad silenciosa, que puede matarte mientras vives. No sé por qué me acuerdo de mi padre ahora, qué tontería, me acuerdo a todas horas. Me pareció encomiable la labor de ese hombre, Antón, se lo dije y me invitó a unirme a ellos cuando quisiera.

—Otro día, lo prometo. Ahora me voy a lo que queda de mi clase de fotografía.

Perseo dormitaba en el quicio de la puerta cuando llegué de nuevo a casa de Víctor. Me agaché para saludarlo, acariciándole el lomo. La clase estaba a punto de concluir porque todos tenían guardadas sus cámaras dentro de las fundas, los bolígrafos tenían el capuchón puesto y las libretas estaban cerradas. Se pasaban unos a otros la tableta de Víctor, observando una fotografía. Cuando llegó de nuevo a las manos del profesor, este me la mostró a mí, diciéndome: «Dime qué ves Amanda, qué aprecias». Era una fotografía antigua, en blanco y negro, nunca antes la había visto, no como otras que nos había enseñado Víctor en clase. De nuevo: «Qué ves». Se trataba de una madre con su hijo en brazos, me llamó la atención que el chiquillo era demasiado mayor para estar en brazos de su madre, se lo dije. «Bien, qué más». La agarraba como si sintiera miedo de todo lo demás, como si fuera el único lugar seguro en el mundo. Víctor, dijo: «Eso es».

El niño demasiado mayor que la mujer aupaba no era otro que el fotógrafo Roland Barthes en brazos de su madre. Barthes, nos explicó Víctor, había escrito uno de los libros de cabecera de la teoría fotográfica como homenaje al recuerdo melancólico de la muerte de su madre: *La cámara lúcida*. Según Barthes, la fotografía es capaz de reproducir a nivel técnico lo que en la realidad jamás se repetirá. Fue a partir de esa imagen como teorizó respecto a la muerte, el tiempo, el amor, la nostalgia y el olvido.

Me lo guardo. Me lo repito, el orden está alterado, tal vez no: muerte, tiempo, amor, nostalgia, olvido.

—¿Entendéis la fuerza de esta imagen? ¿Qué quiere Barthes que veamos? —Víctor se emociona, aprieta el puño de su mano derecha, para decir una verdad contenida, no tengo la libreta a mano para apuntarlo, pero lo escribo en mi corazón mientras, sin querer, los ojos se me inundan—: «Yo soy porque mi madre me mira. Cuando esa mirada, la del amor, deja de hacerlo, yo dejo de existir. La mirada del amor es la que me concede existencia».

¿Cómo voy a ser yo sin él? A pesar de él.

—Amanda, para, para, frena un poco la bici, ¿quieres?

—No, déjame en paz. Por favor.

Axel se pone de pie sobre la bici para pedalear con más fuerza, superando mi posición con facilidad, para dar un frenazo cruzándose en mi paso, haciendo que me tambalee, pierda un pie del pedal y me caiga al suelo. Perseo también frena en seco y se sienta sobre sus patas traseras, sacando la lengua para lamerme el rostro. Axel tira su bicicleta a un lado del camino y levanta la mía que está sobre mi cuerpo.

—Lo siento, lo siento, no quería que te vinieras al suelo».

—Estoy bien, déjalo estar. No pasa nada —le digo. Él se agacha para ver mis rodillas. Me sangran las dos, tengo arena del camino en las heridas. No me da opción a levantarme, me coge en brazos y me sienta en un borde del sendero, luego coloca bien las dos bicis, no vaya a ser que pase algún coche; de su mochila saca un botellín de agua con la que limpia mis magulladuras.

Escuece... Por dentro.

—Voy a llamar ahora mismo al hotel para que vengan a buscarnos.

—No, por favor. No es nada. Enseguida me recupero.

No quiero que mi hermano me vea así. Le altera la sangre, aunque sea poca, como si tuviera otra escala para medir la profundidad de las heridas. Lleva todos estos días bien, está relajado, la plastilina hecha bola abandonada en el cajón de la mesilla de noche. Le gusta que Perseo se acomode en sus pies mientras pinta; está concentrado en ese cartel, el del magnolio, y en dibujar todos los ejemplares de árboles que hay en la zona. Hace un par de noches Amelia le preguntó que por qué le gustaban tantísimo los árboles. Él contestó: «Porque son silenciosos y lentos, como yo».

Amenazaba tormenta. Tumbada donde estaba era fácil apreciarlo, porque las nubes habían bajado grises a cubrir el cielo y porque, a lo lejos, lo decía el mar vistiéndose del color del acero.

—Me gusta muchísimo cuando el mar está así, revuelto y negro. Se crea una luz mágica para fotografiar, ¿no crees?, entre tonos de grises. —Axel se recuesta a mi lado, después habría de guardar ese momento como una instantánea en mi corazón.

—Lo acabas de hacer otra vez.

—¿El qué?

—Quitarte un mal pensamiento. Se te enredan las pestañas cuando lo haces, las tienes muy largas. Y bonitas.

—No puedo explicártelo.

—Pruébalo.

—No me despedí de mi padre.

—Lo sé. Tu madre se lo dijo a mi tía. Pero fue un accidente, Amanda. ¿Qué podías saber tú?

—Mi madre no tiene ni idea.

Ya está. Ha empezado a llover.

Por eso me voceó Fernando, el bajista del grupo de papá. ¿Lo sabía? ¿Lo intuía? No lo escuché mientras me apresuraba a bajar las escaleras del almacén. Me paralicé en el penúltimo peldaño. Hay 16 escalones. Rocío y yo pasábamos las horas muertas allí: comíamos pipas, hablábamos del insti, de chicos, nos hacíamos fotos y bailábamos al ritmo de la música fuerte que sonaba arriba en el bar.

Me quedé unos minutos mirando la escena. Anabel estaba desnuda de cintura para abajo, sentada encima del congelador donde guardaban el hielo. La cabeza ladeada, hacia atrás. Él..., papá, le mordía el cuello mientras sus manos le apretaban los pechos desnudos, la penetraba rítmicamente, los pantalones los tenía bajados, a la altura de los tobillos. No se había quitado los zapatos. Subí de nuevo las escaleras y me fui corriendo a casa, desabrochándome el abrigo por el camino, el frío me quemaba. Me alcanzó en el portal de casa, justo cuando las puertas del ascensor se cerraban. Por la rendija se coló su mirada, era de un verde pantanoso. Una súplica, una condena. Después lloraría acunando a Mateo. Mamá los abrazó a los dos.

Ahora llueve más fuerte, Perseo ladra y persigue a las gaviotas que se han alejado de la orilla del mar. Axel me pregunta si puedo coger la bici, le digo que sí, aunque siento la tirantez de la piel que no está en mis rodillas y las lágrimas me ruedan indisciplinadas por el rostro. Dice: «Vamos, salgamos de aquí». Pedaleamos escasos metros hasta un antiguo lavadero de ropa, techado en madera, donde ahora hay una fuente y un banco de piedra.

—Quiero sacarlo de aquí, de mi cabeza. Ese recuerdo, esa imagen destruye todo lo demás. Y tengo miedo... ¿Sabes qué le dijo mi madre a Mateo cuando le preguntó si nos olvidaríamos de él, de mi padre? Dijo que era imposible, porque el olvido está lleno de recuerdos. Y yo no puedo, no quiero recordarlo, ¡tengo que olvidarlo!

—Eh, eh. No llores. Por favor, no llores, que no sé qué hacer.
—Me coge de las manos, las tiene cálidas.

—No puedo contárselo a ella. ¿Qué sentido tendría? ¡Ella lo quería mucho! Mis padres ¡se querían muchísimo!

—No, no puedes. Aunque quizás ella lo sepa. O no. Sería compartir tu dolor y ya no te hace falta. Me lo has dicho a mí.

¿Lo sabría mi madre? ¿Podría alguien tan inteligente como ella desconocer algo así? Quizás se convierta en otro de esos misterios que guarda en la caja de latón. Solo ella decidía cuándo abrirla. Las familias están llenas de secretos, la mayoría se guardan en los altillos, se almacenan en cajas que no se abren. Un secreto es una verdad que no se cuenta por miedo a causar dolor, un secreto es un ave enjaulada, hay que abrirle la reja para que eche a volar.

Quién dice que el primero es el uno, quién dice que no es más azul el gris, quién dice que la lluvia es mal agüero. No hay técnica posible para retratar un instante cuando el paisaje te atraviesa.

Mi primer beso está mojado. Mi primer beso sabe a sal.

Capítulo 13
Laura

Siempre hay miedo a cambiar de vida. A tu alrededor te dicen que tienes que empezar de nuevo, reorganizarte, comenzar de cero. Quienes te lo dicen suelen tener la fortuna de conjugar el verbo *vivir* en presente de indicativo. Amelia nos cuenta entre copas de vino que ella nos gana a recopilar esas frases hechas, de cuando se quedó en silla de ruedas. «A ver», la reta Cristy, mientras yo pelo unas peras, quitándoles el rabito y las semillas. Amelia las recita de seguido, como quien dice los meses del año:

Coger el toro por los cuernos.
Si del cielo te caen limones, aprende a hacer limonadas.
Si el plan A no funciona, el abecedario tiene 26 letras más.
Al mal tiempo buena cara.
Tómales el pulso a las cosas.

—¿Sigo? Ah, sí, esta es muy graciosa, me la dijo la madre de mi cuñada, todavía hoy me pide disculpas: «Lo importante es dar el primer paso».

—¡Ameeeliaaa! —nos reímos.

—En Venezuela decimos «Echarle pichón» —cuenta Cristy— a esforzarse para lograr algo, para superarse.

—¿Pichón de polluelo? —pregunto con curiosidad.

—Uy, no, no. Es una frase hecha que proviene de las bombas manuales de agua que había antiguamente en los pueblos. Se tenía que hacer un esfuerzo físico considerable para mover la palanca que permitía extraer el agua. En la palanca —se sonríe anticipadamente por lo que nos va a contar— había un letrerito con las palabras push on, «empuje» en inglés. La gente decía que había que echarle pish on para sacar el agua.

—¿En serio? —digo, divertida.

—Ya lo creo —dice Cristy—. Tenemos una larga retahíla de dichos populares por la evolución fonética y nuestro contacto con los gringos... Dejadme pensar en otro: «Echarse un camarón», ¡ese es bueno! ¿Saben lo que significa?

—Ni idea —decimos Amelia y yo, casi al unísono, preparadas para cualquier cosa.

—En las excavaciones petroleras, los capataces gringos de vez en cuando querían echar una siesta. Pero para no ser vistos por los obreros venezolanos se excusaban diciendo: I come around, «Ya vuelvo» en inglés. De ahí los venezolanos nos quedamos con el camarón..., el camarraun fonético, para definir el sueñito que nos echamos en medio de la jornada. La siesta española es nuestro camarón.

—Brindemos —dice Amelia acercando su silla a la isla donde ya estoy troceando el puerro para rehogarlo en mantequilla. Cristy me acerca una sartén y coge su copa—: Por nosotras, mujeres extraordinarias, mujeres que hemos perdido las piernas, el país y el marido.

Suso acaba de entrar por la puerta de la cocina. Nos sonríe a las tres.

—¿Qué se celebra hoy aquí?

—El intermedio que somos —le contesto sin más.

Estoy cocinando un risotto con las peras del suelo que desdeñó el peral que hay en el huerto. Las he cortado en dados y las he dorado junto a los puerros. Le voy explicando a Cristy la receta.

—Cuando todo haya tomado color, viertes el arroz, remueves e incorporas medio vasito de vino blanco, una pizquita de sal, una pizquita de pimienta y vas agregando el caldo. Calcula de 18 a 20 minutos.

—Te vamos a echar de menos. ¿No puedes alargar las vacaciones un poco más? —dice Suso, acercándose a la cazuela para aspirar el aroma que desprende—. ¿En qué facultad de Farmacia te enseñaron a cocinar así?

Tengo que ir pensando en nuestro regreso a Madrid. Estoy preparada, estoy entrenada. En mi caso, los que me dicen «tienes que salir adelante» no saben que yo he vivido siempre así: hacia adelante. La única diferencia es que ahora me toca empujar a mis hijos.

Los médicos aconsejaron a mamá que tomara baños de sol. Ella se sentaba en el patio por la mañana, con los primeros rayos de luz. Aguardaba nuestro regreso del instituto, concentrada en el trino de los pájaros, en ladridos lejanos, en el traqueteo de los vehículos que bajaban la calle. No cocinaba, a lo sumo mondaba unas patatas o cortaba los extremos de las judías verdes para luego partirlas en dos mitades. Fue lo primero que cociné: judías verdes con patata cocida; la patata se me pasó, la judía se quedó dura. Ella dejó de coser y hasta dejó de hablar. Nunca supe si fue por la medicación que le adormecía la lengua o porque no quería contarnos qué la llevó a hacer lo que hizo. Yo tampoco se lo pregunté. Al principio, las vecinas llamaban a la puerta y preguntaban por ella, más por nosotros, por mi hermano y por mí, pues jamás mamá había sido sociable de más. Traían caldo o raciones de lentejas, espinacas y bizcochos. Ella no quería ver a nadie, rechazaba esa comida. Mi padre se enfurecía. Yo sabía que no aguantaría mucho en casa. Mi madre se había casado joven con un guepardo, conocía esa historia desde bien pequeña, como si de una fábula se tratara. Él era un hombre atractivo, elegante, muy tímido fuera de casa, y en casa, un gato enjaulado, desesperado, atrapado. No tenía un territorio definido, deambulaba buscándolo allí donde se sentía feliz, animal solitario, en medio de la naturaleza. A casa regresaba para permanecer escasos días con su hembra, el tiempo que duraba el apareamiento.

Empecé a cocinar al atardecer con un viejo libro de recetas que había en casa, justo después de repasar mis lecciones y terminar mis tareas. El tiempo que pasaba en la cocina me apaciguaba. La casa se había quedado fría y silenciosa, yo le insuflaba calor con los fogones, la llenaba de olores, la volvía sonora con el trajín de platos y perolas. Un día, al regresar del instituto, mi madre no estaba sentada en la silla del patio, sino de pie, colgando la ropa mojada en una cuerda que iba de pared a pared. Me miró sonriente, aunque sus ojos se esforzaban hasta el dolor para no derramarse. Me preguntó dulcemente que cómo me habían ido las clases. Yo dije «bien» y me acerqué despacio para ayudarla, ofreciéndole la ropa del barreño para que siguiera tendiéndola.

—Le he dicho a papá que se fuera. Ya está, Laura, he liberado al guepardo, para excarcelarme yo.

—¿No va a volver, entonces?

—Sí, para veros a ti y a tu hermano. Porque, no lo olvides nunca, os quiere mucho.

—Quieres decir que vais a separaros.

—Separados hemos estado siempre, Laura.

—¿Puedo cocinar?

—Puedes, cielo. Lo haces mucho mejor que yo.

El risotto estaba listo. Apagué el fuego y lo pasé a una fuente, esparcí queso rallado por encima. Lo serví mientras Suso se disponía a descorchar una botella de vino blanco y Cristy enviaba unos mensajes a través de su móvil.

—La cocina es la alquimia del amor —dijo Amelia, comiéndose el plato con los ojos.

—Qué cosas más bonitas dices, Amelia —afirmo mientras por la ventana la luz de la luna me muestra el amor creciente entre Amanda y Axel que, sentados en el banco de piedra, conversan muy cerca el uno del otro, como si una necesidad física los empujara a ello, casi como si necesitaran aspirarse, olerse.

—La frase no es mía, es de un escritor francés, Guy de Maupassant —dice Amelia. Luego le pregunta a Cristy—: ¿Hablas con tu madre? ¿Qué tal está? Son tan malas las noticias que nos dan por la tele de Venezuela…

—Pues no son ni un reflejo de lo que está sucediendo allí. ¡Por el amor de Dios! Hoy mi mamá aguardó cerca de tres horas en una cola para hacerse con una barra de pan. ¿Saben qué pasó cuando la consiguió? Que unos muchachos la tiraron al suelo para robársela. En fin…, al menos mi padre ya está en casa —explica, tranquilizándose ella misma—. Su padre había pasado casi dos semanas en el hospital, «el mismo hospital del que lo echaron, por no…», con una neumonía. Le dieron de comer, pero no había antibióticos suficientes, su madre se había recorrido todas las farmacias de Caracas hasta dar con ellos. Hubo cortes de luz y de agua, había que llevar lejía de la casa para limpiar la habitación, hasta las sábanas, «hasta el termómetro».

—¿Por qué no se vienen? Aquí, contigo, o con tus hermanos donde están. ¿Por qué se quedan allí si tan peligrosa es la situación? —pregunto.

—No es fácil para ellos. —Cristy se deja caer en la silla, tiende su copa de vino, Suso la rellena. Más que por la inseguridad, por la lealtad, esa era la verdadera razón por la que sus padres no abandonarían. Nos lo explica: Por la lealtad de su padre a Venezuela, por la lealtad de su madre a su padre.

Desde que Cristy tenía recuerdo, su madre, Mercedes, se arrodillaba todas las noches al filo de su cama. Rezaban juntas un padrenuestro, un avemaría y luego, como si de otra oración se tratara, recitaban el mismo poema de Rosalía de Castro, enfatizadas las primeras palabras: «¡Partid, y Dios os guíe...!, pobres desheredados, para quienes no hay sitio en la hostigada tierra; partid llenos de aliento en pos de otro horizonte, pero... volved más tarde al viejo hogar que os llama».

Mercedes no había cumplido los 18 años cuando embarcó en el puerto de Vigo rumbo a América del Sur. La había acompañado su padre, que a Venezuela ya se habían ido su hermano y su mujer («tus tíos te ayudarán»). Su madre no fue al muelle a despedirla, se quedó en la casa llorando.

—Eres una muy buena hija, la mejor que he podido tener, ojalá tengas suerte —le dijo su madre abrazándola por última vez.

Mercedes sintió entonces una punzada en el corazón, como si supiera que ya no regresaría, agarró a su madre con fuerza, apretándola, le parecía que así podía llevársela pegada al pecho. Aquella mañana, el cielo estaba de un azul tristón, se había empeñado en teñir de nostalgia la despedida. Subida al coche, camino de Vigo, su padre volvió a relatarle la historia del Begoña. El barco que la iba a llevar al otro lado del mundo lo había construido la Armada norteamericana en el año 1945. entonces lo bautizaron como Vassar Victory y fue carguero durante la Segunda Guerra Mundial. Después había pasado a una compañía norteamericana, que lo convirtió en buque mixto de pasaje y carga; fue rebautizado como Castle Blanco. La Compañía Trasatlántica Española lo adquirió a finales de los años cincuenta y de nuevo cambió su nombre: lo llamaron Begoña. Tocaba los puertos gallegos de Vigo y A Coruña en su ruta a Inglaterra y Centroamérica. La Guayra, en Venezuela, se convirtió en su principal destino.

A su padre se le llenaba la boca hablando de esos grandes barcos que surcaban aguas lejanas. En el pueblo, cuando la flota se amarraba, era él quien se encargaba de hacer las reparaciones.

—El tío se marchó y no ha vuelto.

—Eso es porque las cosas le van muy bien allí, Mercedes. Aquí no hay futuro.

—Puedo ayudarte en el astillero.

—Ese no es oficio para una mujer.

Habían recibido carta de los tíos meses atrás. El tío trabajaba como camarero en un hotel y ahorraba como otros compañeros para invertir en acciones. La tía estaba muy contenta como empleada doméstica en la casa de un médico: cocinaba, cosía, planchaba. Su carta era clara: «La esposa del doctor ha fallecido y busca alguien que se ocupe de los niños; la casa es enorme, yo no llego a todo, le he hablado de ti, sobrina».

Desde el barco, le costó localizar a su padre entre la gente que se agolpaba en el muelle. Todos se despedían con un saludo mecánico, generalizado para los que partían, la mano alzada, la vista arriba. «Adiós, adiós», respondían agitando las manos, la mano alzada, la vista abajo, unidos en la sensación general de despedida, de desprendimiento. Le pareció ver a su padre llorar. Luego se concentró en el ronroneo de los motores haciendo esfuerzos para romper la inercia del trasatlántico hasta nuevo destino. El barco se alejaba lento, así dijo adiós a su tierra, a su país, a sus padres y al amor de su vida. Se quitó las lágrimas del rostro para observar, atónita, a un coche colgado de la grúa en alta mar. Lo manipulaban para colocarlo bien en la bodega. Se sintió tan desubicada como aquel Renault amarillo; dejó de mirarlo porque empezó a marearse y porque se asustó cuando vio a las olas pasar por encima del barco. Dos semanas de travesía. Los vómitos no pasaron al segundo día ni al tercero; Mercedes hacía caso omiso a las llamadas para los turnos de comida. Un sobrecargo que era de Ponferrada se apiadó de ella, la llevó a la cocina, donde su mujer trabajaba de ayudante. La cara redonda y con rojeces de la bondadosa mujer, que la cuidó con caldos e infusiones todo el trayecto, no se le iba a olvidar en la vida a Mercedes. Hubo una tormenta que puso al Begoña a pelear toda una noche con el océano, tripulación y pasajeros, todos, se pusieron el chaleco salvavidas. Mercedes corrió hasta la cocina, buscando mitigar su miedo junto a la rolliza cocinera, que, acostumbrada a la bravura del mar, se movía con equilibrio protegiendo sus guisos, guardando cacerolas y cuchillos. Recuerda haberse sentado en la cocina, abrazada a sus piernas, apretados los párpados, su cuerpo y su mente tambaleándose al compás que marcaban las olas. Pensó en él, que había dejado Brétema cuatro meses atrás, se agarró a su memoria para sobrellevar la angustia. Se habían amado a pleno día, un domingo a la hora de la misa, a la sombra de una chalana con el casco pintado en rojo. Se oía el runrún del oleaje, el habla de las gaviotas. La ausencia sería larga, pero la sobrellevarían. Entonces Mercedes no sabía que era ella la que partiría más lejos.

Empezó a trabajar en la casa del médico dos días después de su llegada a la ciudad caraqueña. Trabajo, comida y alojamiento en casa del facultativo; su tía le mostró la habitación que se le había asignado; libraría los domingos.

—Es una suerte, Merceditas, esta es una muy buena casa. El doctor es un hombre muy amable, educado, te harás enseguida con los niños, los dos mayores son traviesos, pero son buenos, aunque ¡son muy malos de comer!, pero de eso me ocupo yo. Tienes tu habitación, pero el doctor quiere que duermas con el pequeño

Rubén; todavía no ha cumplido 1 año y se despierta por las noches. ¿Sigues mareada? Ya lo sé, hija, ya lo sé, todavía recuerdo yo mi travesía. ¡Se te pasará!

Pero no se pasó. No hasta que ya llevaba tres meses acunando a Rubén, arropando a los niños mayores, que gustaban de escucharla con los ojos como platos cuando ella les recreaba las aventuras del Begoña o les hablaba del árbol mágico que había en la plaza de su pueblo. El doctor la examinó una mañana, cerró la puerta de la consulta en la planta baja de la casa. Luego se sentó detrás de una mesa de madera noble y escribió en un papel las señas adonde ella debía dirigirse para hacerse una analítica. Lo miró mientras escribía: no era un hombre guapo en el sentido convencional, pero había algo en él, no en su apariencia, sino en su trato amable, en el tono de su voz, en la manera tranquila de caminar, no sabía explicarlo; llevaba puesta una bata blanca con su apellido bordado, González-Parra, un pantalón vaquero y una camisa de lino color tostado, la corbata bien anudada al cuello. Miró su reloj para concretar día y hora, escribió con letra pausada, bonita. Luego alzó la vista para mirarla desde el azul de sus ojos. Quizás era solo y todo eso: Mercedes se acordaba de su casa, de su hogar, de su mar del norte cada vez que ese hombre la miraba.

—Doctor, estoy bien, de verdad, mi tía le ha insistido, pero es solo un poco de fatiga.

—Lo es, Mercedes, y se te pasará. —Se levantó de la silla y rodeó la mesa para decírselo, posando sus manos suavemente sobre los hombros de ella—: Vas a tener un bebé.

Más que su físico, lo que distinguía a Cristy era su aplastante seguridad. A pesar de sus ojos, del encanto descuidado e infantil con el que se recogía su pelo bonito, a pesar de su sonrisa, lo que había en ella era la confianza de haber sido muy amada, el orgullo de pertenencia. Dijo alzando su copa: «No deja de ser curioso que mi madre perdiera un amor y dejara atrás su tierra». Y no pude evitar pensar que quizás su brindis estaba inacabado, o no quería verbalizar que ahora era ella la que estaba perdiendo su patria, era ella la que había dejado un amor. Como si solo un océano separara una historia de la otra, madre e hija llegando sanas y salvas a la otra orilla. Me pregunto en qué caja de latón guarda sus preguntas quien se ha convertido en mi amiga, Cristy.

Capítulo 14
Amanda

La última semana que íbamos a pasar en Brétema empezó a refrescar. Suso nos contó que siempre era así la quincena final de agosto, como si el tiempo y el lugar tuvieran la amabilidad de prepararnos, de darnos herramientas para hacer frente al otoño que esperaba dispuesto a la vuelta de la esquina. El cielo daba acogida a todas las nubes que se hinchaban de ganas de llorar, tan pesadas que casi tocaban el mar con su panza gris. A mi hermano, Mateo, le encanta el otoño. Pienso en que este año no visitará el parque del Retiro con papá y un escalofrío me sacude: era él quien gustaba de pasear siempre durante los días otoñales por sus jardines de árboles caducifolios. «Qué espectáculo», nos decía, el cromatismo de los tonos ocres, amarillos y rojizos mientras paseábamos bajo las ramas y pisábamos las hojas húmedas del camino. Sé que a mi madre no le gusta el otoño. La he oído decir muchas veces que es una estación que mira hacia atrás, que se recoge hacia lo más profundo. Entonces la gente acude en masa a la farmacia a comprar tranquilizantes o ansiolíticos y ella los invita a probar infusiones de plantas como la rodiola, «muy útil para la ansiedad ocasional», la valeriana, la pasiflora o el espino blanco y la amapola de California «con un efecto muy tranquilizante». Pienso en estos días de estío como en un breve paréntesis, un descanso. En los entreactos de las obras de teatro, la gente sale a fumar, o se levanta para ir al baño, o conversa con el de al lado. Es un momento. Luego vuelve el silencio, el telón se alza de nuevo. Si pudiera, me quedaría sentada en mi butaca. Necesito un poco más para estar lista, prepararme para volver al instituto, no sé si voy a saber llevar el recuerdo de mi padre, no sé si estoy enfadada con mi madre por no saber lo que estaba ocurriendo, o por dejar que ocurriera sin saberlo. Necesito unos días más, aunque quiera ver a los abuelos, aunque sepa que Axel estará en la misma ciudad que yo. Además, necesito prepararme para volver a ver a Rocío.

  La escalera cruje levemente cuando bajo esta mañana a desayunar. Hay nuevos huéspedes en el Macaracuay. Axel me guiña un ojo cuando me ve entrar en la sala. Mi estómago lanza un suspiro. Me aferro a mi butaca. Mamá está sentada tomando un café en la misma mesa que hemos ocupado desde nuestra llegada, como si, al igual que la habitación, nos hubiera sido asignada. La observo mirar pensativa por la ventana: lleva puesta una camisa blanca ligeramente remangada, sobre los hombros una rebeca de punto en color mandarina; está sentada con las piernas cruzadas; se ha vuelto a poner uno de mis vaqueros, el más clarito. Fuera el cielo está gris y las hortensias azules se beben toda esa luz. No me resisto a desenfundar mi cámara. Desde donde estoy ajusto el botón manual y disparo. Disparo una segunda vez cuando ella se vuelve para sonreírme con la nostalgia anidada en sus pupilas.

—Cariño, buenos días. ¿Cómo estás?

—Yo bien, ¿y tú?

—Bien también. ¿Sigue dormido Mateo?

—Sí.

—Nos queda poquito aquí. Ha sido bueno para los tres —lleva su mano a la mía y la aprieta—. ¿Qué vas a hacer hoy?

—Hoy es el último día del taller de fotografía y se supone que debo entregar mi mejor foto.
—Vaya, ¡enséñamela!
—No la tengo, bueno, tengo varias, pero no me he decidido por ninguna.
—No te he visto hacer otra cosa más que disparar esa cámara, ¡Alguna tendrás! ¿Cuál era la premisa? Si la había...
—Conocimiento y amor. —Nos reímos las dos; es cuando, sin pensarlo, aprovecho para preguntarle—: ¿Tienes alguna foto que puedas mostrarme de... tu hermano, de mi tío Pedro?

Me parece que las pupilas de mamá se ensanchan, me sonríe con cierta paz, aprecio que su rostro se relaja, como si llevara un tiempo esperando esa pregunta, como si por fin pudiera darme una respuesta.

—Lo haré con mucho gusto cuando lleguemos a casa. No tengo muchas, solo las de su último viaje. Las guardo en una vieja caja de latón. No las he vuelto a ver, quizás pueda hacerlo ahora si estás a mi lado. Llevaba el equipo fotográfico en el maletero —dijo, llevándose la taza de su segundo café con leche a la boca—. Por eso pude recuperar sus últimos trabajos.

El día en que llegaron a Carvoeiro para reconocer que el joven que había metido su coche bajo un camión era su hermano, ella no pudo pasar a verlo: se quedó al lado de su madre, que no había pronunciado ni una sola palabra desde la recepción de la trágica noticia. Llamó a su marido, cosió el bajo de un vestido para una dama de honor, bajó las persianas, sacó una maleta de la parte superior del armario, metió unas pocas mudas, cerró la bombona de gas, desconectó la luz, y se metió en la parte trasera del coche. Al volante, su padre tampoco pronunció palabra, pero las lágrimas le rodaban por el rostro, gruesas, infinitas, hasta que llegaron a destino. De vez en cuando, Laura miraba por el retrovisor a su madre, entera, serena, como lo había estado los meses aquellos después del incidente con la lejía. Sintonizó las noticias en la radio del coche; su padre la miró, pero debió de pensar que era mejor que escuchar el silencio. Ella trató de concentrarse en el paisaje cambiante, los recuerdos le llegaban ahora a bocajarro, reflejados en la ventana.

Regresaba del instituto, una hora antes de lo previsto, la profesora de Lengua y Literatura estaba enferma. Muchos de sus compañeros también estaban con aquella gripe, Javier llevaba tres días sin ir a clase. Miró su reloj de pulsera, sabía que a esas horas sus vecinos estarían trabajando. Decidió visitarlo, aun sabiendo que no estaba bien —eso había oído siempre— estar a solas con un chico en su casa. Cruzó los dedos para que su madre no estuviera cosiendo frente a la ventana. Llovía con fuerza inusual esa mañana de otoño, el paraguas no la protegió del aguacero. Javier le abrió la puerta en pijama y zapatillas. Unas décimas de fiebre daban más brillo a sus pupilas, coloreaban sus labios, encendían sus mejillas. Él trajo una toalla del baño, con suavidad le secó el pelo, repitió varias veces que estaba preciosa, que olía a lluvia. Fuera el cielo tronaba, parecía que la noche se había perdido en el día. Tenían 16 años y en la radio de su habitación, Yazoo cantaba bajito Only you en la emisora de Los 40 Principales. Sentada en el asiento delantero del copiloto, Laura miraba por la ventanilla y recordaba; estaban llegando, dijo su padre. Tenía todas las imágenes de aquel día grabadas en la memoria. Podía recordar a Javier encima de ella, su torso desnudo posándose sobre su vientre, sobre sus pechos todavía a medio hacer. No lo habían hecho nunca antes, no lo hablaron, fue instintivo, como echar a andar. Él la besaba una y otra vez, los labios, los párpados, las orejas, pasó la lengua por sus pezones, a ella se le contrajo el vientre. La penetró con suavidad, ella hundió el rostro en su cuello, la fiebre de él se apoderó de ella, que empezó a respirar más fuerte, mientras él se movía por su cuerpo. Piel contra piel, ella agarrada a su espalda, viajando a un lugar nuevo, extraño, maravilloso. Ella, que no había volado nunca, escuchó la fuerza de los motores de un avión que corría por la pista, imparable, hasta alzar el vuelo.

—Laura... Laura... Te quiero.

Aporreaban la puerta. Unos segundos de aturdimiento después, reconocieron los gritos de Pedro. Se vistieron a toda velocidad, dejando atrás la cama deshecha, el aire enredado.

—Laura, espera, ¿estás bien? Te amo ahora, en este momento y para siempre.

Ahora recuerda que miró a Javi unos segundos, le acarició el rostro, lo besó, con las piernas flojas, temblorosas de haber rodeado su cuerpo, salió a socorrer a su hermano, intuyendo que algo pasaba con su madre, saltando en paracaídas del cielo en el que se encontraba. Pedro retrasó su marcha unos meses. A pesar de que su madre juró y perjuró que fue un accidente, que había bebido de aquella botella sin acordarse de que contenía lejía. Se retorcía de dolor en el suelo, el aliento apestaba a cloro, le quemaba la boca. Su hermano daba patadas a las sillas de la cocina, se agarraba el pelo con las dos manos como si quisiera arrancárselo, mientras llamaba a la ambulancia y se preguntaba si otra vez iban a pasar por esto («maldita sea»).

De su hermano solo recuperaron la medallita de la Virgen de la Consolación que llevaba consigo desde que hizo la comunión y su cámara de fotos. Su madre se quedó la medalla. Su padre hizo acopio de todo el dolor. Ella se quedó la cámara. De haber podido, habría golpeado el féretro de su hermano con los puños cerrados. Esta vez no se permitió sintonizar la radio, se pasó el viaje de vuelta contemplando el coche fúnebre con su hermano delante, con la cámara en el regazo. Los adelantaban de continuo los conductores ajenos al duelo, lo hacían pisando fuerte el acelerador, con la mirada al frente, dejando atrás un siquiera ligero encuentro con la muerte. «Me has dejado sola, imbécil —le hablaba ella desde lo más profundo de su corazón—. Solo has sido mayor para irte antes. Te odio por eso. Al final siempre has hecho lo que te ha dado la gana, hasta has tenido la muerte buena que planeabas. «De golpe y sin previo aviso», como si la muerte se pudiera planear, ¡idiota! ¿Es que no te ha enseñado nada mamá? A la vida hay que tenerle respeto, pero tú te saltaste las señales y has conducido a toda velocidad, empeñado como estabas en recuperar el tiempo que te habían robado de niño. Te vas y me dejas sola con ellos. Esto no lo van a aguantar, lo sabes. ¿Recordaste acaso que dentro de unos días me examino de Selectividad? ¡Egoísta y mimado hasta el final! Nos lo contábamos todo, ¿recuerdas? Y te has ido y estoy enfadada porque llevabas mucho tiempo fuera, sin llamar a casa, sin escribirme; me has dejado sin preguntarte qué fue lo último que te hizo reír, a quién amaste, no sé qué libro leías, qué canción escuchabas, adónde ibas, de dónde venías, con quién ibas a encontrarte; no sé qué era lo último que te preocupaba, desconozco si pensabas volver. ¡No me has dejado decirte adiós! Que sepas que he luchado con todas mis fuerzas para meterte en esa caja sin zapatos. Querían comprar y ponerte unos zapatos nuevos de cordones, pero tú y yo hemos caminado descalzos siempre, juntos, de puntillas, de la mano. Esto no te lo perdono».

—Me encantará verlas. ¿Qué fotografió?
—Atardeceres. Desde el cabo de San Vicente. Atardeceres rojos, anaranjados. El ocaso del día, el sol diciendo adiós, bailándole al agua. Son muy bonitas. Las guardo porque me duele mirarlas.
—Siempre tuve curiosidad por saber lo que guardabas en esa caja...
—También guardo las cartas que me escribía mi madre. No las había abierto hasta hace muy poco.

—¿Por qué?
—Porque también me duelen. A veces, cariño, tenemos que tratar de olvidar porque es preciso, para mantener el equilibrio.

Fuera empieza a llover, mamá se abraza a sí misma, como si se sacudiera el frío que acaba de recorrerla. Quiero preguntarle cómo se olvida, ¿cómo? Si yo no tengo caja de latón. Sentada frente a mí, sé que no voy a decírselo. Nunca. Olvidar significa que aparte lo malo, que silencie ese ruido, que margine esa imagen. Como un archivo en jpg, que lo elimine, estropea mi álbum familiar.

Yo no tengo caja, a mi madre no le cabe nada más en la suya.

Nunca me ha llevado a Valdepeñas. Allí nació. He ido hilando sus credenciales poco a poco. Mi abuela tenía el mismo lunar que nosotras, pero el pelo más fuerte. Mi abuelo raras veces estaba en casa. Murió dos semanas después de enterrar a mi tío Pedro; lo encontraron recostado en el suelo del monte, mirando las copas de los árboles, rodeado de piñas y hierbas, con su libreta de notas a un lado, sus prismáticos al otro. Fue el primer síndrome que conoció mi madre; lo dijeron los médicos: «síndrome del corazón roto». No es tan poético que se te rompa el corazón: el estrés físico o emocional intenso, como la pérdida de un ser querido o una fuerte discusión, puede rompernos literalmente el corazón. También se conoce como cardiopatía de Tako-Tsubo. Lo describieron los japoneses en los años noventa (busqué en Google cuando mamá me lo contó). Así se llama una vasija, abombada y con el cuello estrecho, usada tradicionalmente entre los pescadores nipones para atrapar pulpos. Parece que la parte afectada del corazón de mi abuelo adquirió una forma similar a esa vasija.

El abuelo y mi hermano se parecían, «mucho». Los dos curiosos con los bosques, silenciosos observadores, como si estuvieran conectados por un infinito camino biológico, lleno de raíces. «Lo decía todo sin decir nada, o apenas nada». Ese silencio ensordecía a la madre de mi madre las pocas veces que pasaba en casa y la enmudecía cuando se ausentaba. Era una veleta, una giraldilla mi abuela, de volubles emociones, sin intermedios, como el tiempo manchego que pasa del abrigo y la bufanda a los vestidos de tirantes. Pienso en el mundo de mi madre entonces, en una casa baja, en una calle larga, de inviernos fríos, veranos inacabables. Una casa llena de hilos en el suelo, hilos sueltos de colores, retales de ropas ajenas, una casa que miraba a otra casa, una casa con un patio y una vieja parra. Mi tío y ella no tuvieron perro, pero sí un gato y un conejo. La radio sonaba siempre de fondo. Sonaba cuando ya había fallecido el tío Pedro, cuando enterraron al abuelo del corazón de vasija cazapulpos; sonaba cuando ella se fue y dejó allí a mi madre. ¿Qué le dijo? «¿Qué te dijo»? Dijo que ya no podía seguir, que trataría de morir de nuevo, que no podía continuar queriéndola, que no sabía cómo hacerlo sin miedo a perderla a ella también. La casita pequeña se hizo enorme el día que se fue su madre. El día de los días después. Después de todo, todos tenemos un día que nos escoge para pellizcarnos.

Querida Rocío, cuando vuelva, voy a ir a verte, aunque sea solo para decirte que mi madre no tiene un duelo retardado. Es solo que ya ha estado muchas veces allí, dentro del túnel oscuro; conoce, sabe que solo se pierden los que se van, los que se quedan tarde o temprano encuentran el camino de vuelta al final. La luz regresa inevitable.

—Te quiero mucho, mamá.

Capítulo 15
Laura

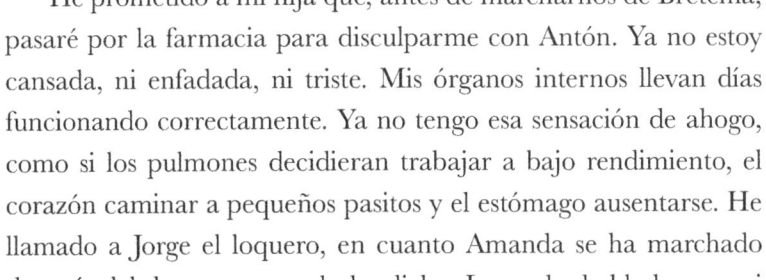

He prometido a mi hija que, antes de marcharnos de Brétema, pasaré por la farmacia para disculparme con Antón. Ya no estoy cansada, ni enfadada, ni triste. Mis órganos internos llevan días funcionando correctamente. Ya no tengo esa sensación de ahogo, como si los pulmones decidieran trabajar a bajo rendimiento, el corazón caminar a pequeños pasitos y el estómago ausentarse. He llamado a Jorge el loquero, en cuanto Amanda se ha marchado después del desayuno, y se lo he dicho. Luego he hablado con mi suegro («ya regresamos») y he subido a despertar a mi precioso hijo de ojos chimenea.

—Voy al pueblo, a la farmacia. ¿Vienes?

—¿Necesitas aspirinas?

—No, cariño, voy a hablar con un señor.

—¿Necesitas hablar con un señor en la farmacia?

—Pues sí. ¿Vienes?

—No. Tengo que terminar mi cartel. Se lo dejo aquí a Suso y así no tenemos que enviarlo desde Madrid.

—Me parece una idea estupenda. ¿Tienes ganas de regresar a casa?

—Quiero ver a los abuelos

—¿Sabes a quién más vas a ver?

—¿A quién?

—¡A Luisa! —La alegría de mi hijo que me abraza con fuerza me saca una sonrisa de oreja a oreja. En mi corazón, le había dado las gracias a la madre de Luisa, una señora muy vivida en años, por irse de este mundo y permitir que su hija regresara al nuestro.

—Vamos, vístete y baja a desayunar.

—Mamá..., espera, ya he encontrado tu árbol.

—¿En serio? ¿Soy un eucalipto? ¡Ya lo sé! Soy tan bonita como el magnolio de la plaza... ¡Dime que sí! —Agito su pelo, demasiado largo ya, del color del sol.

—No. Eres única y especial. —Se levanta de la cama y coge su tableta—. Como el árbol del tule. Míralo bien, ¡es el árbol más fuerte del mundo! Está en México, en Oxaca, con el diámetro de tronco más grande que existe. ¿Sabes que se necesitan más de treinta personas para abrazarlo? Algunos también lo llaman el árbol de la vida y ¡mira!, si lo observas bien, puedes distinguir las figuras de animales que se han quedado grabadas en su madera. ¿Te gusta?

Me gusta. Soy yo. Soy como mi madre quería, mejor que ella, más fuerte. Era esa la palabra exacta que utilizó. Mi tronco está hecho de pérdidas, están tatuadas en mi piel, me abrazan el alma. «Eres fuerte, Laura». Luego se fue. Ella ya se había abandonado. Se fue la mañana en la que yo me examinaba de Selectividad. Hice mis exámenes sin mediar palabra con ninguno de mis compañeros, evité en los descansos a Javier, que peleaba con comodidad por entrar en la facultad de Derecho de Granada. Habíamos hecho planes, yo estudiaría allí Medicina, compartiríamos piso. Pero cuando mi madre cerró la puerta de casa, yo tomé la decisión de salir detrás de ella, de cerrarla para siempre. Permanecer al lado de Javi era exponer mis tatuajes recientes al sol. Él formaba parte de todo lo que más amaba, también de lo que más dolor me provocaba. Debió de entenderlo, porque no me siguió. Me fui a Madrid, me quedé a unas décimas de entrar en Medicina. Opté por estudiar Farmacia. Conocí a Mario empezando en la facultad, nada más verme dijo que quería ser el dueño de mi lunar. Fue el primero en devolverme la sonrisa. Ya no quise separarme de él, ni de sus ojos. Los tenía de color verde esperanza. Y así empezó mi nueva vida, como si de la segunda parte de un libro se tratara.

Mario era el hijo único en una familia acomodada, con una farmacia esperando a que se licenciara sin prisa, sin temores futuros. La suya había sido una infancia feliz, felicísima, como para convertirlo en la persona más confiada y segura en sí misma que jamás habría de conocer. Me enamoré de él, que estudiaba unos años más arriba que yo, sabiendo desde el principio de sus vaivenes amorosos. Entré a estudiar Farmacia con la esperanza de pasar a Medicina al curso siguiente; mi vocación no era tan fuerte como pensaba o quizás me encontré cómoda o no quería separarme de Mario o de sus padres, de los que me enamoré perdidamente. Estudié en los inicios de los noventa, los años en los que España se abría como un día luminoso al resto del mundo. Era tan difícil no contagiarse del ímpetu de los Juegos Olímpicos de Barcelona, de la Expo de Sevilla, de la Conferencia de Paz para Oriente Medio... Voté por primera vez en las elecciones generales del 93, a Felipe González. Mario formaba parte de las Juventudes Socialistas por aquel entonces, con el beneplácito de sus padres, que le auguraban un traspaso a la derecha con el paso de los años, como si fuera normal que lo más importante a nuestra edad quedara reducido a la izquierda: el arte, la música, los ideales, el cine y hasta el sexo. Cualquier rincón de la facultad nos hizo las veces de lecho de amor: las salas de estudio, los lavabos, el descansillo de la escalera, los setos de los jardines, el aparcamiento de coches, también la última fila de alguna clase. Yo era bastante guapa y una gran desconocedora de mi propio cuerpo; Mario, un guía turístico experimentado que lo recorría de punto a punto. Incansable.

Trabajé becada en la facultad, algunas horas en establecimientos de comida rápida, también dando clases particulares de Matemáticas, Física y Química a estudiantes de bachillerato. Compartí piso y mis gastos eran los justos. Era muy buena estudiante, me saqué la carrera en el tiempo previsto. Nada más terminar y un año antes de casarnos, entré a trabajar en la farmacia del licenciado Mario Carson, mi suegro. Como si la vida estuviera en deuda conmigo, fueron los inicios de todos estos años tan felices. Solo Julita no era agradable conmigo. No era agradable con nadie. Ella me hizo entrega de la primera carta que llegó de mi madre. Luego llegaron más. Muchas más.

El matasellos del correo decía «Portugal». Siempre me detuve en el matasellos. Luego leía el remitente, el nombre de mi madre y el domicilio escrito en aquella caligrafía que me era tan familiar: «Eulalia Escavias, Rua João Paulo, 2. Distrito de Faro. Carvoeiro». Después, como siguiendo un ritual, guardaba todas esas cartas sin abrir. Hasta hace poco, después de morir Mario, motivada y animada por mi joven loquero, Jorge, que dijo: «Es necesario». Una noche, mientras los niños dormían, tomé la iniciativa. Descorché una botella de vino, un Viña Albali Gran Reserva, de Valdepeñas. Servido en una copa alta de boca estrecha, ese líquido rojo era el único vínculo que me permitía mantener con mis orígenes. Saqué la vieja caja de latón del altillo superior de mi vestidor y me la llevé a mi habitación. Sabía, antes de abrirla, todo lo que contenía: en el fondo, un sobre grande con las fotos que hice revelar de la cámara de Pedro, encima, al menos, un centenar de cartas cerradas, sobres de peso desigual. Acomodada en mi cama, amparada por la luz cálida de la lamparita sobre la mesita de noche, abrí la última que había recibido. La carta estaba escrita en papel vegetal, con fecha de diciembre de 2018. Todas iban a empezar con el mismo encabezado: «Mi querida hija», pero ninguna tenía la rotundidad inicial de esta última:

Mi querida hija:
Lo mejor de cumplir años es que dejas de tener miedo, la presión va cediendo, porque asumes que eres quien eres...

Dejé mi copa de vino sobre la mesilla y releí esas primeras palabras. ¿Quién eres, Mamá? ¿Quién eres? No me resultaba difícil recordarla encaramada en aquellos tacones imaginarios, enfundada en aquel traje color champán, las ondas de su pelo brincando sobre la espalda. Tan bonita. Comprendiéndolo: tan frágil. Traté de imaginar cómo estaría ahora. Parecerá más joven de lo que es —está cerca de cumplir 70— porque seguirá delgada, siempre lo fue. Mantendrá su sonrisa tímida, escasa, quizás fruncida en su cara redonda. Desconozco si se habrá cuidado con cremas que desdibujen las arrugas que le habrán surgido en el rostro. Imagino marcadas, como dos surcos profundos, las líneas que suben desde el puente de la nariz hacia la frente, ancha y despejada, separando sus cejas, ya poco pobladas. Llevará sus gafas puestas y el pelo se le habrá blanqueado. La busqué. La busqué para encontrarla en todas esas cartas. Como si una noche de lectura y vino llenaran el vacío de los años pasados, palabras en tinta reconstruyendo su historia, completando las piezas de mi propia identidad.

Mi madre se había instalado en un pueblecito en el Algarve portugués, en Carvoeiro. Hasta allí llegó con apenas lo puesto. Vio aquel letrero: «Alúgase» y llamó. Era una casa pequeña, «como olvidada», a pie de una calle en cuesta. En algún momento su fachada debió de lucir muy blanca, igual que las construcciones vecinas, que el encalado es un revestimiento sencillo y económico, bastante común en los lugares cálidos. Dentro, la humedad trepaba por las paredes con zarpazos grises. Aquella casa estaba tan deteriorada, tan en abandono como ella: a la cocina le habían arrancado los muebles, el salón era diminuto y en el cuarto de baño la bañera estaba desconchada; las dos únicas habitaciones de la casa eran pequeñas, «muy pequeñas», pero miraban al mar almacenando muebles desechados que se apilaban bajo sábanas de polvo. Fuera, un huerto igualmente descuidado, con tomates que colgaban resecos de viejas cañas podridas, donde la maleza crecía altanera, en un terreno plagado de silvas, donde otras malas hierbas ocultaban un pozo; una manguera pinchada colgaba de uno de los muretes. «Pero había un limonero precioso y un gato pardo con manchas negras que, lejos de irse, vino a mi encuentro y ronroneó a mis pies». Las primeras semanas se las había pasado de rodillas fregando a dos manos el suelo, rascando las paredes, limpiando las ventanas, desempolvando muebles: una mesa de comedor redonda que se abría estirando cada uno de sus lados, cuatro sillas de madera con la tapicería de los asientos en muy mal estado y un butacón orejero en peores condiciones. Nada más. Sacó brillo a los azulejos del baño y limpió el óxido de la bañera; compró resina para cubrir los restos sueltos, volvió a lijarla, luego le aplicó un esmalte. De atardecida, se sentaba bajo el limonero, con la espalda dolorida pegada al tronco; el gato pardo la acompañaba. Entonces los recuerdos la visitaban, se acordaba de su padre a quien siempre le gustaron los árboles frutales: los manzanos, los naranjos... «Pero no se daban bien en Castilla-La Mancha y en las tierras de la familia plantó olivos. Centenares de ellos». El corazón se le alegraba cuando él regresaba a casa después de una dura jornada de trabajo en el campo. Tocaba el claxon del tractor tres veces; era su señal para avisarla de que abriera el enorme portón del patio. Bajaba de la máquina dando un salto y alzaba a su hija para cubrirla de besos. Se interesaba por su día en la escuela mientras se aseaba en el lavadero, se quitaba las botas antes de entrar en casa. Algunas veces ella se subía al tractor para terminar de hacer sus deberes en alto. «Una nube negra se posó sobre mi casa cuando yo tenía unos 10 años. Era como si hubiera empezado a llover con tanta fuerza que los paraguas se volvían inútiles pues un viento feroz los doblaba, los partía. Mi madre dio a luz a mi hermana en la cocina de casa, un mes después de que a mi padre le diera la apoplejía, un ictus lo llaman ahora. Los gritos que daba mi madre encima de la mesa todavía me ensordecen hoy. Limpié toda aquella sangre mientras la escuchaba, fría, decirme que en los días siguientes no iría a la escuela». Ni en las semanas, ni en los meses, ni en los cursos que pasaron.

    Su madre la sacó del colegio para que se hiciera cargo del bebé y cuidara de su padre. «Creo que fue entonces cuando empecé a sentirme triste, aislada, huraña. La nube no se iba, el cielo no mostraba atisbos de azul». Su padre ya no era su padre, aquel hombre fuerte que levantaba el polvo cuando saltaba del tractor, con los ojos brillantes como dos girasoles. El campo había curtido su rostro, pero fue la enfermedad la que se llevó la expresión dulce y risueña que siempre tuvo. «Aprendí a coser cuidando de ellos, de tu tía, de tu abuelo». La primera vez que quiso morir fue la noche en que lo hizo su padre. La lluvia no cesaba. Ella estaba empapada por dentro cuando otro hombre arrancó el tractor, labró la finca de olivos, abonó el campo y el corazón de su madre.

    Perdió la noción del tiempo, o dormitó, o se desmayó bajo el limonero. Allí tirada la encontró el casero, con las rodillas quemadas por el sol, cuando la visitó para cobrar el primer alquiler. «Un golpe de calor o de suerte, porque fue el inicio de mi relación con Duarte». Fue Duarte quien consiguió que entrara a trabajar en uno de los hoteles turísticos de la zona. Le enseñó aquel anuncio del diario local:

«Mulher com experiência em engomar e lavanderia». Pasó meses lavando, planchando mantelerías y juegos de cama. Con su primer sueldo compró una máquina de coser de segunda mano y telas nuevas de bonito estampado con las que confeccionó cortinas para la casa; retapizó las sillas. Las flores crecían sin dificultad en el jardín, limpio ya de malas hierbas; bautizó al gato como Gatinho. Duarte y ella paseaban por la orilla del mar todos los días. Una tarde, una de las camareras de piso se ahogaba en el llanto porque una corriente de aire había cerrado de golpe una puerta, enganchando el vestido de una huésped que llevaba para el tinte. Lo cosió mi madre en casa. Su gesto y su habilidad corrieron por todo el hotel. Por todo el pueblo. Pronto tuvo tantos encargos que podría haber dejado su trabajo, pero no lo hizo, porque por primera vez en su vida trabajaba fuera de casa, sus compañeras la arropaban y le gustaba escuchar y aprender aquel idioma tan tierno. «Ternura era lo que necesitaba». Eso y medicación. «Mi querida hija, estoy enferma. Siempre lo he estado. Nunca lo supe». Duarte la arrastró al médico la primera vez que la nube se posó sobre la casita encalada y el rostro de mi madre se ensombreció. Un buen profesional la escuchó y la siguió de cerca, no se quedó en el diagnóstico de una aparente depresión cuando ella resumió su historia, «esa historia que tú conoces, mi cielo encapotado; mis manías, las acciones impetuosas, mi padre, tu padre, mi Pedro. Tú. Mis decididas ganas de irme de este mundo». Muchos domingos, ella y Duarte se montan en el coche y conducen hasta el cabo de San Vicente para ver el atardecer, el bello atardecer en el que se quedó para siempre mi hermano. «Mi querida hija, ahora duermo bien, Duarte me abraza todas mis noches y prepara el desayuno por la mañana. Tomamos el café en una mesita de madera que hemos puesto bajo el limonero. Gatinho no es callejero, nunca se va de la casa; cuando coso, siempre está a mis pies. Hace años que llevo una vida de rutinas, medicación y ternura. Una vida casi normal con el

TAB, mi enfermedad: trastorno afectivo bipolar». Acabó casándose con Duarte («Todos los días rezo para que me sobreviva»), en una ceremonia íntima y bonita. En mi imaginación trato de elaborar el perfil de ese hombre que está al lado de mi madre, porque ella en sus cartas no esboza su retrato, como si solo sus acciones lo definieran, «un hombre atento y bueno». Ha logrado perdonarse, porque no fue ella quien escogió padecer la enfermedad.

Mi querida hija:
Lo mejor de cumplir años es que dejas de tener miedo, la presión va cediendo, porque asumes que eres quien eres. He pasado buena parte de mi vida del profundo abatimiento a la euforia desbordada. Nadie tuvo la culpa, tampoco la tuve yo. Pero es cierto que no supe cuidar a mis hijos. Entiende ahora, por favor, que no podía, porque no sabía cuidar de mí. Ahora estoy francamente bien. Dejé el hotel cuando me jubilé, mis compañeras prepararon una fiesta sorpresa emocionante, pero sigo cosiendo en casa. Lo haré hasta que la vista me lo permita. Duarte también se ha jubilado. Le gusta sentarse a leer a mi lado, en silencio, mientras voy bordando —ojalá se pudieran coser las heridas, remendar los errores, hilar las historias—. Algunas veces Duarte me pregunta si no me gustaría volver a verte, saber de ti. Saber si eres feliz —créeme que rezo por ello al levantarme, al acostarme—, si tengo nietos. No. Le respondo que no. Si los tienes, si tienes hijos, sabrás lo grande, lo profundo, lo absoluto de ese amor. Por infinito amor me alejé de ti, para no seguir hiriéndote. Verte sería reabrir tu herida, desestabilizarme yo al mirarte a los ojos, los ojos brillantes que heredaste de mi padre, comprendiendo todo el dolor que te causé. De nuevo, perdóname. Quiérete hija, quiérete mucho. De todos nosotros, siempre supe que tú eras especial, fuiste nuestro centro, el punto que equidistaba de nuestros vértices. Mi niña Sol.

Capítulo 16
Amanda

A la última clase de Víctor acudimos todos con nuestro trabajo realizado. Me había costado mucho decidirme entre todas las imágenes que había ido tomando durante los últimos días. Debía reunir los tres requisitos imprescindibles: matiz, amor y conocimiento. Además de estar bien expuesta. A principio de curso me había pasado las tardes de playa leyendo el manual de mi cámara, ubicando cada función a medida que Víctor me descubría su existencia: el balance de blancos, el raw, la medición matricial y todos esos elementos que debes controlar si disparas tu cámara en modo manual, que era como él pretendía que aprendiéramos a tomar nuestras fotos. Me costó muchos disparos y monólogos con el fotómetro controlar el otro triángulo: el del Iso, la apertura y la velocidad. Las fotos me quedaban oscuras, o movidas, poco nítidas o quemadas; al principio me desespera. Pero ahora creo que empiezo a conseguirlo, a lograr ese equilibrio. Mi madre me cuenta siempre lo mucho que le costó quitarme el pañal para que hiciera pipí en el orinal, también fui la última de mi grupo de natación en quitarme los manguitos, no digamos en quitarle las ruedecillas a la bici. Papá le decía que no se preocupara por mí, que tuviera paciencia, que las cosas me saldrían cuando yo me propusiera hacerlas. Cómo me gustaba acurrucarme con él en el sofá los fines de semana. Recuerdo una tarde que mirábamos por la tele una entrevista a Rafa Nadal. A mi padre le gustaba mucho Rafa. Lo llamaba Rafa, como si lo conociera, como si fuera un ahijado o un sobrino: «¿Tú sabes, Amanda, la cantidad de horas que ha pasado Rafa en su vida dándole a la raqueta? Talento, sí; físico, también, pero sobre todo mucho trabajo. Debes aprender de eso, Mandy. Tú puedes hacer lo que quieras, lo que te propongas, solo necesitas tiempo y trabajo. ¿Lo recordarás?». Lo recordaré. Llevo días tratando de despejar ocasiones, instantes, momentos.

Estoy orgullosa de la foto final que he escogido. Dejaré que la valore Víctor, que me diga él si aprecia el matiz y el conocimiento, porque de amor anda sobreexpuesta. En la imagen aparecen mi madre y Mateo. Están los dos en el cuarto de pinturas de Cristy. Mi hermano está sentado dibujando, ajeno a mis intenciones. Sobre la mesa blanca, hay una veintena de lápices de colores con punta y sin punta, esperando para ser escogidos. Sujeta el papel con su mano derecha, dibuja con la izquierda. Lleva puesto un polo de color azul marino que tan bien le sienta y unas bermudas. Está descalzo, Perseo a sus pies dormitando. Mi madre está justo detrás de Mateo, ligeramente a la izquierda de mi plano, el pelo suelto recién lavado, la piel dorada, se sabe coqueta dentro de un vestido playero blanco, vaporoso, que compró en el mercadillo semanal de Brétema. Toda ella sonríe, sus ojos miran hacia el dibujo de mi hermano, la mano derecha reposa sobre el hombro de él. Yo los miro a ambos y disparo. Clic. Mi hermano continúa dibujando, Perseo se siente tan cómodo que puede que no abra ni un ojo, pero, ante mi acción, mamá se vuelve para mirarme. Disparo de nuevo, hago un doble clic. Esa es la imagen que traigo, la de mi hermano relajado haciendo lo que mejor sabe hacer, arropado por mi madre, que apoya su mano en él y, bellísima, me mira a mí para regalarme esa sonrisa, la seguridad de que está con nosotros, de que vamos a estar bien.

—¡Bravo, Amanda! Has logrado captar ese instante, esa magia. Has fotografiado desde lo que partes, desde lo que tienes dentro, hacia fuera. Tu foto dice lo que eres, lo que sois. Me gusta mucho la composición, los colores encima de la mesa, ese jarrón repleto de hortensias rosas, la ventana abierta, las paredes llenas de pinturas y el perro. Tiene una luz muy cálida, un pelín demasiado cálida quizás. Puedes editarla si quieres, o dejarla así, ya es cuestión de gustos. Por otro lado, la imagen es nítida. Muy correcta, muy buen trabajo, Amanda. Bien, el siguiente. ¿Qué has traído tú, Axel? Uhm, ya veo, ¡el amor! —dice Víctor guiñándome a mí un ojo.

Me incorporo de mi asiento para ver mejor la fotografía que muestra Axel en su laptop. Me recuesto sobre mis brazos encima de la mesa y le pregunto, entusiasmada, que cuándo tomó esa fotografía, mientras el corazón no me late, me baila dentro. Si los años pasan como cuentan los mayores que a toda velocidad lo hacen, si me hago adulta y él no está en mi vida, que recuerde siempre esta sensación: la de verme tan bonita en sus ojos, la aceleración de mi respiración cuando me coge la mano, cuando despeja el pelo de mi cara, cuando la cicatriz de su labio besa los míos. Que no se me olvide, por favor, la conversación del mar a lo lejos, cuando pedaleamos juntos sendero abajo, el olor suave de las arepas, el tono dulce que tiene su voz. Que no suceda. Sería tener mala suerte, perder la memoria. Hasta su canción, la que más le gusta justo ahora, esa que dice que le habla de mí, la que prometo salvar siempre: *No te preocupes por mí*, la canta Leyva. Apunté su estribillo en mi libreta:

No te preocupes por mí,
por un momento crucé al otro lado
y luché con esas bestias gigantes.

Solo te quise decir que no dejé de creer,
pero era grande la sensación
de vértigo constante.

Dijo Víctor que la fotografía de Axel estaba tomada en una hora mágica: «La hora dorada. La primera y última hora de luz, cuando el sol está más cerca del horizonte». Dijo también que Axel había sido testigo de un momento, de un instante, como si hubiera tenido la corazonada de que algo excepcional podía ocurrir.

La imagen es de hace dos días, al atardecer, llegando al hotel en bicicleta. Yo pedaleaba al lado de Perseo, con mi vestido de algodón azul de tirantes, mi gorra roja encima de la melena suelta. Debió de cerrar bastante el diafragma porque el camino se aprecia infinito, casi rozando el cielo en el horizonte; un cielo de nubes que se va abriendo dejando paso al celeste brillante. Y allí estoy yo, ajena al camino que tengo por delante, pero agarrando segura el manillar de la bicicleta, con la cabeza ladeada animando a Perseo, que lleva la lengua fuera y me mira también. Clic, ahí tomó su foto Axel. Recuerdo ese momento, le iba diciendo a Perseo: «Vamos, campeón, ya nos queda menos».

Me abracé a Víctor dándole las gracias cuando terminó esa nuestra última clase. Él ya tenía preparadas las maletas en la puerta, se iba a Barcelona primero, dijo que al reencuentro de una amiga preciosa que iba a acompañarlo en su recorrido en tren por Europa: «Llevo poco dinero, mi cámara y a una chica que es un caramelo, ¿necesito algo más?». No dudé de lo primero, ni de lo segundo; lo tercero se me antojaba más improbable.

—Han sido pocos días —me dice—, espero que no lo dejes, Amanda, haz muchas fotos, es la mejor manera de aprender. También tienes un montón de clases en Madrid, donde te cobrarán cuatro veces más que yo. —Se ríe—. Recuerda lo importante: amor,

matiz, conocimiento; y el límite: tú decides lo que dejas fuera, lo que dejas dentro, lo que te pertenece y no te pertenece. ¡Vámonos a la plaza a tomar algo!, ¡Venga! ¡Allí nos despedimos!
Pues claro que lo apuntaría en mi libreta:
Tú decides lo que dejas fuera, lo que dejas dentro. Lo que te pertenece y no te pertenece.

La plaza estaba inusualmente abarrotada de gente que formaba un improvisado corrillo hasta que el ruido de una ambulancia accediendo al lugar deshizo el grupo. Entonces la vi en el suelo. Reconocí enseguida sus pies, pequeños y enfundados en unas manoletinas azul turquesa. Teresita me había contado que se las hacía traer a la zapatera («me las pide por internet, tengo una docena por lo menos, de todos los colores»). Antón estaba a su lado, en cuclillas, agarrándole la mano. Dejé atrás a mis compañeros y corrí hacia ellos instintivamente. De igual manera me subí a la ambulancia, Teresita se había desvanecido por el dolor. El intenso dolor.

—¿Eres su nieta? —me preguntó el enfermero, calmado y sonriente mientras la oxigenaba—. No te preocupes, mi experiencia me dice que se ha roto la cadera y se ha caído.

—¿No debería ser al revés? —pregunté.

—También puede ser. En estos casos nunca se sabe qué es primero, pero no te preocupes, es muy habitual. Se pondrá bien. Solo necesitará muchos de tus mimos después y un buen fisioterapeuta.

—No soy su nieta —respondí preocupada—. Soy... su amiga más joven.

Antón me dio su número de teléfono móvil muy agradecido de que acompañara a Teresita. Él cerraría la farmacia e iría detrás de nosotras para el hospital: «Gracias, Amanda. No te preocupes, yo aviso a tu madre».

A Teresita la operaron tan pronto como hubo quirófano. Finalmente, no le colocaron una prótesis, sino que le fijaron unos clavos en las piezas que se habían desplazado. Estuvo cinco días hospitalizada. Me parecieron pocos, pero había una gran fortaleza dentro de ese cuerpo tan pequeño.

—Esto es bien fácil, Amanda, querida —decía arrastrando los pies, primero uno, después otro, agarrada al andador que le facilitaron las enfermeras—. Es como llevar mi carrito de la compra con las dos manos, en vez de con una.

Mamá me dio permiso para pasar las mañanas con ella en el hospital. Lo que más le preocupaba a Teresita no era su cadera, era su cabeza. Su pelo. Quería que la peinaran, «porque hoy es miércoles, ¿verdad?». Todos los miércoles le dejaba su escaso pelo a la peluquera, que le marcaba esas pequeñas ondidas que le duraban toda la semana.

—La cabeza, Amanda, es lo único que todavía conservo en mi sitio. ¿Cuándo te vas?

—El sábado. Pero a ti te van a dar el alta el viernes, así que, cuando me vaya, ya estarás en tu casa.

—Y tú en la tuya. Creo que este verano ha sido tu verano. ¿Es así? —Asiento, los ojos se me inundan—. Cuando menos lo esperabas.

Cuando menos lo esperaba. Lo anotaría en mi libreta. Las cosas que sucedieron en mi verano:

Crecí. No sé cómo se mide cuando creces por dentro. Merece un paréntesis en mi lista: no he perdonado al marido de mi madre, no me pertenece, pero sí puedo, debo rescatar el buen recuerdo de mi padre: «Necesito echarte de menos».

Me enamoré.

Aprendí fotografía.

Hice una amiga octogenaria.

Tuve un fiel amigo de color ruano.
Descubrí a mi madre. Es de la liga de las superheroínas.

De regreso a Brétema, lo primero que hizo Teresita fue pedirle a la peluquera que se desplazara a su casa a peinarla un poco. Para entonces, Antón se había preocupado de acudir a su domicilio, de retirar alfombras y apartar muebles que entorpecieran su movilidad, de acordar con el hospital los horarios en los que una ambulancia pasaría a recogerla para su rehabilitación. Yo estaba allí, en el salón de su casa, cuando ella se negó a recibir la asistencia social que también Antón se había encargado de tramitarle.

—Ni hablar —dijo, arrastrando el andador—, no voy a permitir que ningún extraño o extraña se cuele en mi casa. No, al menos, mientras esta cabecita funcione.

—Pero, Teresita —traté de convencerla—, no puedes seguir estando sola. Antón se preocupa por ti.

—Voy a explicaros algo a los dos: tengo 83 años, es la primera vez que paso por un quirófano. No tengo azúcar, ni colesterol, quizá un poco alta la tensión. Tú sabes, Antón, que hay gente más joven que necesita más pastillas que yo. La memoria no me falla, escucho al Herrera todas las mañanas y al Francino por las tardes. Soy nieta, hija y viuda de pescadores. Vivo en la calle Actitud y tengo muchos planes. Además…, he tenido una idea.

Antón y yo la escuchamos. Sorprendidos, divertidos. Teresita nos ha puesto en nuestro sitio.

—Juanito se viene a vivir conmigo. No me miréis así. No somos novios ni nada parecido, para eso sí que no tengo el cuerpo. Somos amigos, desde hace… ni me acuerdo. En realidad, era algo que me había propuesto en infinidad de ocasiones. En el hospital, cuando vino a verme, le dije que sí, que quizá llevara razón. Nos haremos compañía, charlaremos, veremos las películas antiguas que nos gustan, iremos al mercado juntos, al médico. Él es muy despistado con su medicación, ya se lo ha dicho a sus hijos, que están más que encantados con la idea. ¿Os parece bien? Pues me alegro, porque tú, Amanda, tienes que irte mañana a Madrid feliz. Me has prometido que regresarás las próximas vacaciones. En cuanto a ti, Antón, mi queridísimo Antón, deja de preocuparte por todos y resuelve de una vez lo que tienes pendiente.

Capítulo 17
Laura

Pasó el verano. Cómo no darme cuenta de que el tiempo no echa de menos a nadie, o lo persigues, o no te espera. Allá tú si te quedas rezagado. Eso pienso cerrando el capó del coche con las maletas ya cargadas para nuestro viaje de vuelta mañana. Nos iremos temprano, después de desayunar. He llamado a mis suegros, no creo que lleguemos a la hora de comer, pararemos en el camino, tomaremos unos bocadillos, pero nos esperarán en casa; quieren ver a los niños, ponerme al día de los asuntos en la farmacia. Ahora les toca a ellos descansar. Pensé que se embarcarían en un viaje, pero mi suegro me dijo que no, que Gloria prefería quedarse en la sierra, en su casa, estar más pendiente de los niños cuando empiecen el nuevo curso. Que cómo estaba yo. ¿Cómo estoy? Mejor, contenta de estar un poco más contenta. La frase puede resultar ridícula, pero es así, es así como me siento, se lo dije: «Contenta de estar cada día un poco mejor». Brétema, de alguna manera, nos ha rehabilitado a los tres, es como si nos hubiera equipado con un calzado y un traje a medida para sobrellevar el frío que te deja una despedida definitiva. Miro a Perseo, que ha ido y venido conmigo mientras arrastraba las maletas del hotel al coche. Sabe que nos vamos. Que me lo llevara a Madrid con nosotros, me había dicho Cristy. Era cierto que los críos parecían haberse unido mucho al animal. Le recordé que vivíamos en un ático y lo acostumbrado que estaba Perseo a trotar libremente por el campo. Eso y que era su perro. Ella me replicó: «Los animales no tienen dueño, escogen voluntariamente a quien amar y créeme que cuando lo hacen son fieles como la brújula al polo».

Habíamos mantenido esa conversación a las dos de la madrugada, con una copa de vino, la música muy bajita, sonaba *Te pienso sin querer*, de Franco de Vita con Gloria Trevi; yo preparaba unos canelones de atún y queso crema para el día siguiente. Fue la noche del día de la caída de Teresita, después de que Antón nos dejara en el hotel a Amanda y a mí, de vuelta del hospital.

—¿Tú lo sabías? —le pregunté mientras colocaba las placas de pasta sobre el mármol limpio de la cocina.

—Verás, mi mamá nunca me lo contó. Mira que se lo pregunté veces. Solo me dijo que yo tenía la fortuna de ser hija de un buen amor y la dicha de ser criada por otro gran amor.

—¿Y tus abuelos?

—Con ellos sabía que no debía preguntar. Pero la gente en el pueblo hablaba. Tendría yo unos 10 años aquel verano, cuando me lo dijeron Suso y Amelia. ¿Te lo puedes creer? Que lo decían sus padres, que yo era igual que él, el vivo retrato de Antón, el hijo del viejo farmacéutico. A mi regreso a Caracas, le pregunté abiertamente a mi mamá. Me dijo: «Diles a tus amigos que tú eres hija del mar».

Antón no regresó a Brétema cuando supo que Mercedes había embarcado rumbo a Venezuela. Se incorporó al servicio militar, se volcó en sus estudios. Al principio, se ponía en contacto con sus padres para saber si había recibido correo de ultramar. Nada.

Nunca. Luego un día su padre se lo dijo, que Mercedes se había casado en Caracas con un médico. Le abrió una herida, grande. Las heridas hay que limpiarlas bien, con agua, con suero fisiológico. Con alcohol. Desde dentro hacia fuera. Algunas dejan feas cicatrices de por vida. Se fue a Burgos, allí de vez en cuando se veía con la hermana pequeña de uno de sus compañeros. Era una chica inteligente, bastante guapa, trabajaba en la oficina de correos. Se casó con ella; aunque no la amaba, al menos no la amaría lo suficiente nunca. Tampoco ayudaron sus largas ausencias, algunas de tres y cuatro meses, por servicio en destino. Su mujer conocía su herida, quizás creyó que podría asumirlo. Cuando estaban juntos salían a pasear, iban al cine, luego se acostaban y todo iba. Todo iba. No tuvieron hijos. No pudieron. Cuando él regreso de Afganistán, ella no estaba. Le dejó una nota: «Antón, son muchos los años intentando que funcione. Podemos seguir siendo lo que hemos sido siempre, buenos amigos. Llámame cuando quieras». Firmó los papeles del divorcio a la vez que su jubilación anticipada en el servicio. Contactó con su padre: «No vendas la farmacia. Regreso a casa».

Cuando Antón llamó al hotel para relatarme el incidente con Teresita, que Amanda estaba acompañándola en el hospital, le pedí que por favor me recogiera e iría con él a buscar a mi hija. Me relató su historia en lo que duró el trayecto: «Voy a cumplir 71 años, he sabido hace muy poco que tengo una hija».

—Tú, ¿qué harías? —me pregunta Cristy, a la que, de pronto, saco parecido con Antón—. No me queda espacio para querer a otro papá, Laura.
—Es difícil, sí —contesto llevándome un dedo con salsa bechamel a la boca, comprobando el punto de sal—. Quizás lo que

puedes hacer es conocer a la persona, me parece que lo es, buena persona. Haz un amigo.

—No sabría qué decirle.

—Hola, tal vez. Luego, lo demás irá llegando.

La noche previa a nuestra partida, Cristy organizó una preciosa velada. Los padres de Axel habían llegado para pasar unos días en Brétema, estar junto a Cristy y recoger a su hijo de vuelta. Resultaron encantadores. Viendo a Rubén con su hermana, eché de menos cómo habría sido tener a mi hermano a mi lado; me sigue pasando que el corazón se me encoge un poquito cuando pienso en él. Charlé animadamente con la cuñada de Cristy, respetuosas, prudentes las dos con el bonito amor adolescente de nuestros hijos. Hablé con Rubén, un hombre culto, educado, tímido. Conoces a alguien y tomas tus primeras impresiones, podría seguir: inteligente, reservado, apasionado del cine, preocupado por su país, al tanto de las inquietudes de su hermana, amante de su mujer, un buen padre, mejor profesional y sí, porque él mismo me lo dice, «Asperger». Conversamos sobre Mateo, claro está, quien por fin se había dado por satisfecho con la ilustración que presentaría al concurso de cartelería.

—¿Cómo has decidido que lo has acabado? —le pregunté observando el dibujo. Sabía que debía hacer algo con los dibujos de mi hijo, con todos aquellos árboles que parecían respirar sobre el papel. Lo había hablado con Mario alguna vez: una exposición, hablar con alguna editorial. Mi hijo se expresa a través de la pintura, es un artista, como lo fue mi hermano, y ama la naturaleza, como la amaba mi padre. Nuestra identidad tiene historia. Las raíces nos sujetan, nos agarran a la tierra, nos alimentan.

—No lo he terminado —me contestó.

—¿Entonces?

—Cristy me contó lo que decía Picasso: «Un cuadro nunca se termina. Se abandona».
—Pues este está muy bien abandonado. Te quiero mucho, lo sabes, ¿verdad?
—Sí. Todos los días me lo repites.
—Así no se te olvida.
—Mamá, el amor no es un paraguas. No puedes dejarlo en ningún sitio. No se puede olvidar.

Quiso la noche acompañarnos con buena temperatura, con todas las estrellas vistiendo el cielo. Recordé la primera vez que cenamos en ese jardín, con la misma ristra de bombillas, el mismo mantel de lino, el olor a lavandas. Ya no éramos desconocidos compartiendo mesa, éramos amigos. Me acerqué a la puerta para releer el letreo de la entrada del Macaracuay: «Quédate el tiempo que necesites». Cristy subió el volumen de la música y continuó bailando alrededor de la mesa, disponiendo platos, repartiendo cubiertos. Había colocado un precioso, abundante, centro de margaritas blancas recién cortadas. «Son para ti», dijo mientras las cortaba: «Las margaritas son símbolo de un nuevo comienzo. Transmiten amor leal y, en especial, alegría».

Amelia vino detrás de mí, haciendo girar con fuerza las ruedas de su silla. Estaba preciosa esa noche, con el pelo recién cortado, le bailaba encima de los hombros, los labios pintados de fresa y esos ojos que galopaban.

—Amelia... Te debo un libro.
—Quédatelo. Tráemelo cuando regreses.
—Lo prometo. —La abracé con ojos acuosos.
—Oye, ¿quién viene a cenar? Habéis cocinado para una comunión.
—Amanda le preguntó a Cristy si podía invitar a unos amigos...

Axel ayudó a Teresita a bajar del coche. Conducía Antón. Juanito, que había conocido la antigua casa del abuelo carpintero de Cristy, se quedó impresionado con la renovación. Suso, como siempre, llegó tarde. Los jóvenes fotógrafos tomaron fotos. Llamé a Mateo, que jugueteaba con Perseo, para que saliera en la instantánea. No me había dado cuenta hasta ese momento de que llevaba un tiempo sin su plastilina verde. Lo abracé fuerte. «Decid... pa-ta-ta». Clic.

Capítulo 18
Amanda

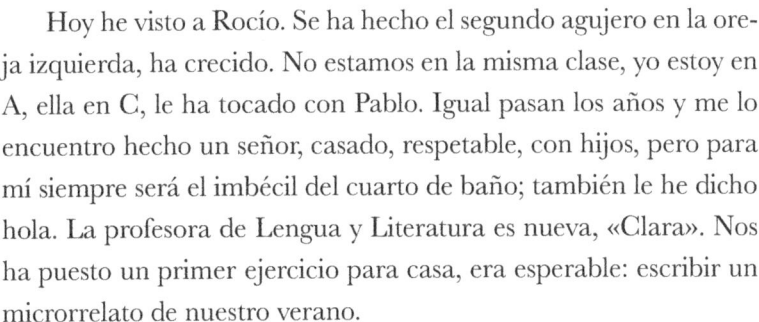

Hoy he visto a Rocío. Se ha hecho el segundo agujero en la oreja izquierda, ha crecido. No estamos en la misma clase, yo estoy en A, ella en C, le ha tocado con Pablo. Igual pasan los años y me lo encuentro hecho un señor, casado, respetable, con hijos, pero para mí siempre será el imbécil del cuarto de baño; también le he dicho hola. La profesora de Lengua y Literatura es nueva, «Clara». Nos ha puesto un primer ejercicio para casa, era esperable: escribir un microrrelato de nuestro verano.

El instituto está igual que cuando lo dejé, solo han pintado las aulas y han colocado canchas nuevas en el gimnasio. La clase de Mateo está este año en el mismo pasillo que la mía. Me alegro, él está mejor sabiéndome cerca. Yo también. Hoy le ha costado un poco menos su primer día: hemos madrugado para llegar caminando, Perseo y Luisa nos han acompañado. Antes, mamá nos ha dado un sonoro beso («Vamos mis niños, a por el curso»). Llevaba puesta su bata blanca; los lunes abre ella la farmacia más temprano, para suministrar la metadona. De eso se encargaba mi padre; el abuelo, mientras estuvimos de vacaciones. Mamá tuvo una reunión con el médico responsable de estos pacientes para continuar el programa.

Busqué la definición de la palabra metadona a petición de Mateo, leí en voz alta:

nombre femenino

Opiáceo sintético que se usa en medicina como narcótico y analgésico y especialmente como producto de sustitución progresiva en el tratamiento de desintoxicación de drogadictos.

Traté de imaginar qué sustituto natural a la metadona ofrecería mi madre a estas personas, ella que siempre dice que la vida es altamente adictiva. Me sonrió cuando vio cómo metía un bocadillo de jamón de York en la mochila. Me lo he comido en el patio, sentada en la grada, aún se respira el aire cálido de un verano que no ha terminado en Madrid. A mi lado se ha sentado una chica nueva, Sara; viene de Barcelona, sus padres se han separado. Habla con acento, abriendo las vocales; echa de menos el mar; en clase le han preguntado si era independentista, ha dicho que no. Además de un bocadillo, lleva un Cacaolat de brik. Solo por eso, me cae bien. Se lo digo, que el primer día es siempre el más difícil, es como subir a la cima de la montaña, luego empieza el descenso.

—¿Tú también eres nueva?

Lo pienso unos segundos. Sonrío.

—Un poco, sí.

Microrrelato:

Brétema está lejos, al norte del norte. Es un pueblo muy pequeño, casi como un cariño dándole un beso al mar. Es un destino, tan reducido que puedes abrazar a todos sus habitantes, paseando desde la calle Adelante al callejón de la Alegría. No imagino cuántos relatos robustecen al *Magnolia grandiflora* de su plaza central. Las casas son de colores vivos, el sol se cuela en el agua salpicando destellos dorados. Después se hunde en el horizonte para salir de nuevo a su antojo. Allí aprendí a mirar: he traído miles de imágenes. Algunas archivadas solo en mi corazón. En la arena de la playa, mi madre encontró una caracola; me dejó escuchar el susurro de su historia. Ahora es el lugar al que siempre querré volver.

Creo que ha quedado bien. No es fácil escribir un microrrelato. Caben todas las cosas que en apariencia no pueden caber. A mi madre le ha gustado tanto que va a enmarcarlo para nuestra Pared de los Logros. De pronto, la ha llamado así: «Pared de los Logros». Lo colgará encima de mi redacción de primaria, al lado del cartel ganador que anunciará las próximas fiestas en Brétema, ilustrado por mi hermano. Ella misma lo colgó, subida a una escalera pequeñita, ajustando la posición con un nivelador, en distancia correcta con las fotos familiares en las que aparece papá, sonriente, con sus ojos color verde cocodrilo. Al lado en vertical, está ampliada la foto que tomé en el estudio de Cristy, encima de las de mi tío Pedro: una serie de vistas del faro y los acantilados de cabo de San Vicente al atardecer, en el sur de Portugal. Cuando las vio Axel, los dos estuvimos tratando de descifrar a qué velocidad estarían disparadas. Eran bellísimas, un regalo, como si mi tío fuera consciente de que no fotografiaba un presente, sino un pasado. Entre semana, no veo a Axel. Cursa primero de bachillerato en la otra punta de Madrid, pero nos hemos apuntado juntos a unos talleres fotográficos los sábados. Brétema es como un sábado, olvidé ese detalle en mi pequeño relato. Hemos sustituido a Víctor por una fotógrafa de bodas que imparte sus clases en un centro cívico. Somos una veintena de alumnos, algunos con cámaras compactas de última generación que llegan sin haber leído el manual; otra vez se nos pregunta por nuestras inquietudes. Yo sigo entusiasmada por fotografiar series de puertas y ventanas. Aunque las más impactantes e inaccesibles estén dentro de cada uno de nosotros: algunas cerradas, otras abiertas.

Capítulo 19
Laura

Mi habitación de matrimonio sigue igual que siempre. Exactamente igual, solo que Gloria se ha llevado toda la ropa de Mario. En el primer cajón de la cómoda he guardado nuestra foto de boda, pero he dejado sobre su mesita de noche esas baquetas con las que disfrutaba tanto. A veces todavía me despierto en medio de un sueño y creo que duerme a mi lado. Entonces el corazón se me acelera, empiezo a sudar y me levanto de la cama, recuerdo que no está, voy a cocinar algo.

—¿Por qué la has guardado? —para ser tan joven, creo que Jorge el loquero es bastante bueno. Fui a verlo, porque le prometí una última visita. Miento, porque su consulta está encima de la de Carmina. Este curso, Mateo solo irá una vez cada quince días. Lo hemos valorado juntas, le he sido franca, muy franca: «Mateo está mejor, más que mejor. Él mismo se recuesta abrazado a Perseo si se pone nervioso. He llevado sus dibujos a una escuela de arte, lo han aceptado, está entusiasmado. Coincide con tus horas de terapia».

—Es una tontería que me preguntes por eso, Jorge —respondo sabiendo dónde quiere llegar—. Toda mi casa sigue llena de recuerdos e imágenes de mi marido.

—No es cierto. —Habla pausado, lleva puestas unas nuevas gafas de montura de pasta negra. Me pregunto dónde se dejan los loqueros todos los traumas de sus pacientes—. Tu casa, Laura, sigue llena de fotos del padre de tus hijos, pero en tu habitación, en tu espacio íntimo, has metido la foto de tu marido dentro de un cajón, debajo de los cinturones, de los pañuelos para el cuello. Justo cuando habías conseguido abrir la caja de Codorníu, ¿buscas otro espacio para no hacer frente a este dolor?

Si le contesto que sí, Jorge se va a empeñar en citarme de nuevo. «No es así, no es por eso». Es por algo más trivial. Se acostó con Anabel. Lo supe el día del funeral, su llanto incontenible la delataba, había sucumbido al encanto de Mario, al hechizo de sus ojos verdes, a su animada conversación, al desenfado de mi marido, que se volvía irresistible, joven, cuando tocaba esa batería. Se lo pregunté abiertamente, quizás porque estar endemoniadamente enfadada con quien tanto amaba era lo mejor que podía pasarme para sobrellevar ese nuevo golpe que me daba la vida. He pensado mucho sobre el porqué. Porque nosotros funcionábamos, éramos un equipo, una familia, nos amábamos. ¡Hacíamos el amor sobre el mármol de la cocina! No tengo respuesta, él no está para explicármelo.

En vez de eso, le relato mi reencuentro con Javier. Unos días después de llegar de Brétema, Raquel y yo nos encontrábamos en la trastienda de la farmacia, reubicando en los armarios productos recién llegados de la cooperativa: cosméticos, productos higiénicos, genéricos, lociones para desparasitar piojos... Raquel charlaba animadamente, me contaba los días que le quedaban para viajar a Valencia y embarcarse en un crucero para singles. Se había dejado convencer por una prima suya, también soltera. Julita murmuraba fuera en el mostrador, Raquel y yo nos reíamos, sabiendo lo que podía pensar Julita de la idea de meterse en un barco con «gente que va solo a lo que va». Tuve que cruzar las piernas, contener la risa, cuando por lo bajito Raquel me contó lo que llamó «el incidente veraniego de Julita». Al parecer, había llegado a la farmacia un señor pidiéndole consejo, porque le picaba todo el cuerpo. Le dijo: «Me pica todo, de la cabeza a los pies, las axilas también, y hasta…, ya sabe, no quiero ser grosero…, ahí, en mi sitio». Julita se había encendido como una bombilla, mientras el hombre continuaba explicándole sus síntomas con total serenidad. De haber podido pasarle el cliente a mi suegro, que atendía al teléfono, lo habría hecho; Raquel despachaba al lado, atenta a la reacción de su experimentada compañera. Julita pidió al señor que se desabrochara la camisa para comprobar ella misma las rojeces provocadas por ese picor incomprensible. Salió del mostrador y se colocó las gafas que llevaba colgadas, acercándose al pecho varonil. Segundos después, con seriedad profesional, se acercó a la estantería donde estaban las cuchillas.

—Tenga —le dijo, en voz bajita, al hombre agradecido—, lo que le aconsejo es que se afeite el vello del pecho, de las piernas, de… ¡Aféitese todo el cuerpo!. Después ponga a lavar toda su ropa.

¡Eran ladillas, o piojos! Julita le recetó afeitarse. Cinco días después, regresó para darle las gracias. Para invitarla a un café. «No. Eso sí que no puedo creerlo… ¿Le dijo que sí?».

Julita entró a buscarme a la trastienda («Preguntan por ti, Laura»). Percibí el recelo en su voz, no es que fuera brusca conmigo, lo era con ella misma. Quizás era yo la que debía empezar a entender su personalidad, lo que era cierto es que hacía bien su trabajo, que casi nunca se ponía enferma y que trabajaba en la farmacia como si fuera la suya propia. No le había preguntado por la salud de su madre, después lo haría. Salí fuera…

—Hola.
—Hola, Laura.

En latín, se atribuye el origen de mi nombre a la palabra laurus, de ahí que su significado se asocie con 'victoriosa, o coronada con hojas de laurel'. Son muchos los músicos que han elegido mi nombre para sus canciones: Tom Jones, Maná, Raphael, Los Piratas, Nino Bravo o Charlie. Pero yo me quedo con la que no hace tanto escribió Vicente Amigo. Será porque cuando la escuché por primera vez, enseguida pensé en Javi. De alguna manera, mi nombre tenía otro color, uno primario y luminoso. Llevaba música cuando él lo pronunciaba.

Laura será
ese tesoro que no podré hallar,
esa sorpresa que no podré dar,
ese deseo que siempre estará.
Laura será
ese motivo de mi soledad,
llama encendida en la oscuridad
que nunca el tiempo apagará.
Laura será
ese tesoro que no podré hallar,
esa sorpresa que no podré dar,
ese deseo que siempre estará.
Será
la cárcel verde de mi libertad,
sordo murmullo en mi intimidad,
el sol que llora cansado en el mar.
Laura será
ese motivo de mi soledad,
llama encendida en la oscuridad
que nunca el tiempo apagará.
Laura será,
siempre Laura será

como la luna que en mis sueños se baña en el mar.
Laura será,
siempre Laura será
el dulce sueño del que nunca quise despertar.

Querida mamá:

Estoy bien. Tengo dos hijos: una niña, un niño; igual que tú, solo que Amanda es mayor que Mateo. No sabría decirte cuál de los dos es más extraordinario. Amanda es sensible, muy inteligente. Me pregunta mucho por ti, por Pedro. Físicamente, se parece a mí. Ha cumplido los 15 años y está viviendo un gran primer amor. Todavía no sabe qué quiere ser de mayor, pero le gusta mucho la fotografía, también escribir. Mateo es…, es igual que Pedro: alto, rubio, guapo, con los mismos ojos chimenea. Está cerca de cumplir los 13, dibuja excepcionalmente bien, tanto que lo han aceptado en una escuela de arte donde los adultos tratan de imitar su manera absolutamente realista de ver el mundo. Le apasionan los árboles, conoce el nombre de casi todos ellos. Está diagnosticado de Asperger leve. ¿Sabes? Algo me dice que cabe la posibilidad de que papá también lo fuera. Quién sabe.

Haría cualquier cosa por ellos. Cualquier cosa. Los hijos duelen, claro que lo sé. No tengo nada que perdonarte. Puede que sí la niña que fui, pero no la mujer que soy hoy. Si hiciera falta, yo misma me alejaría de mis hijos para protegerlos. Te he echado de menos. Te echo de menos todos los días. Muchas veces te pienso sin darme cuenta. Soy farmacéutica. Al final, no me licencié en Medicina, he descubierto que hay otras formas de curar, de ayudar a los demás. Mi marido también lo era, farmacéutico. Va a hacer un año que murió. ¿Me hizo feliz? Mentiría si no dijera la verdad: sí, me hizo feliz, a pesar de las sombras. Quizás por el exceso de luz.

Tengo un perro. Se llama Perseo. Escogió vivir con nosotros, con mi familia. Un buen día se subió al asiento delantero de mi coche. Qué fácil, ¿verdad? Que te quieran sin más. A ti siempre te gustaron los animales, me acuerdo.

Cocino muy bien, me dicen. Eso es gracias a ti. Pero no quiero coser, aunque creo que también sabría hacerlo. No había vuelto a casa, me refiero al pueblo, me daba miedo recordar lo mucho que os quería. Hasta hace poco. Me llevó Javier. Javi, ¿te acuerdas? Nuestro vecino, mi compañero de clase, mi amigo, mi amor. La vida lo ha puesto en mi camino otra vez. Tiene tres niñas preciosas, se está divorciando. Es curioso, no me puse triste, todo lo contrario, fue como hacer las paces conmigo, darme cuenta de la suerte que tuve de quereros tanto: a mi hermano, a mi padre. A ti. De vuelta a Madrid, me traje tu vieja máquina de coser y una foto que no recordaba que hubiera tomado Pedro de nosotras dos. Para mí, siempre fuiste preciosa. La he colocado en la Pared de los Logros, en un lugar privilegiado e importante de mi casa.

De madre a madre, te digo que no hay otro amor que lo disculpe todo, más poderoso que el nuestro. Los hijos deciden hasta cuándo nos necesitan, pero nosotras no tenemos edad para dejar de serlo. Hasta el final somos madres. Me alegra mucho que en tu vida esté ese hombre, Duarte. Que te insista en que quieras conocer a tus nietos, abrazarme de nuevo. Cuando te fuiste, soñé muchas noches tu regreso. No tengas miedo. Ojalá lo consigas.

Laura.

Nota de la autora

Esta no es la historia de un niño con Asperger, no es tampoco el relato de la travesía de una adolescente. Queda lejos de ser una novela romántica, pero sí es una historia de amor. Brétema solo existe en mi imaginación, aunque puede ser ese lugar que tú conoces, allí donde vas cuando necesitas irte un tiempo para preparar tu vuelta. Los personajes, cada una de sus historias, son también de mi invención. Para escribir esta novela, empecé a estudiar fotografía. En ello sigo. La literatura y la fotografía se parecen mucho: son puro cuento. Pura magia.

Escribí El intermedio que somos para curarme de una pérdida. Eso es cierto. Al fin y al cabo, ya se ha dicho que escribir no es más que verbalizar sobre el papel lo que somos incapaces de decir.

Mi agradecimiento, siempre, pero aquí en especial, a mi compañero de viaje, Jesús, el amor de mi vida. Gracias, por no soltarme. A mis amigas, Sonia Fernández y Antonia Roncero. Mientras tanto, por sujetar mi corazón con alfileres.